Die Knickerbocker-Bande

Thomas Brezina

Der Spinnenmagier

Krimiabenteuer Nr. 67

Mit Illustrationen von Jan Birck

Ravensburger Buchverlag

DIE KNICKERBOCKER BANDE

STECKBRIEFE

HALLO,
ALSO HIER MAL IN KÜRZE
DAS WICHTIGSTE ÜBER UNS:

POPPI

NAME: Paula Monowitsch
COOL: Tierschutz
UNCOOL: Tierquäler, Angeber
LIEBLINGSESSEN:
Pizza (ohne Fleisch,
bin Vegetarierin!!!)
BESONDERE KENNZEICHEN:
bin eine echte Tierflüsterin –
bei mir werden sogar Pitbulls
zu braven Lämmchen

DOMINIK

NAME:
Dominik Kascha
COOL: Lesen, Schauspielern
(hab schon in einigen Filmen und
Theaterstücken mitgespielt)
UNCOOL: Erwachsene, die einen bevormunden
wollen, Besserwisserei (außer natürlich, sie kommt
von mir, hähä!)
LIEBLINGSESSEN: Spaghetti
(mit tonnenweise Parmesan!)
BESONDERE KENNZEICHEN:
muss immer das letzte Wort haben und kann so
kompliziert reden, dass Axel in seine Kappe beißt!

AXEL

NAME: Axel Klingmeier
COOL: Sport, Sport, Sport (Fußball und vor allem Sprint, bin Schulmeister, habe sogar schon drei Pokale gewonnen)
UNCOOL: Langweiler, Wichtigtuer
LIEBLINGSESSEN:
Sushi … war bloß ’n Witz (würg), also im Ernst: außer Sushi alles! (grins)
BESONDERE KENNZEICHEN:
nicht besonders groß, dafür umso gefährlicher (grrrrrr!)

LILO

NAME: Lieselotte Schroll
(nennt mich wer Lolli, werde ich wild)
COOL: Ski fahren, Krimis
UNCOOL: Weicheier, Heulsusen
LIEBLINGSESSEN:
alles, was scharf ist, thailändisch besonders
BESONDERE KENNZEICHEN:
blond, aber unheimlich schlau (erzähl einen Blondinenwitz und du bist tot …)

Bibliografische Information der Deutschen Nationalbibliothek:

Die Deutsche Nationalbibliothek verzeichnet diese Publikation
in der Deutschen Nationalbibliografie.
Detaillierte bibliografische Daten sind im Internet
über *http://dnb.d-nb.de* abrufbar.

Das für dieses Buch verwendete FSC-zertifizierte Papier
liefert Arctic Paper Mochenwangen GmbH

Gewidmet meinen großartigen Freunden
Guni und Gottfried

2 3 4 5 13 12 11 10

Umschlagillustration: Jan Birck
Printed in Germany
ISBN 978-3-473-47155-3

www.ravensburger.de
www.thomasbrezina.com
www.knickerbocker-bande.com

INHALT

DER SCHLANGENKOPF

Der Motor des Bootes gab noch zwei hustende Laute von sich, dann starb er endgültig ab.

Dort, wo Meer und Himmel zusammenstießen, türmten sich drohend grauschwarze Wolken.

Herr Klingmeier drehte mehrmals ungeduldig am Zündschlüssel. Axel stand neben ihm und beobachtete besorgt das Gesicht seines Vaters.

„Kriegst du ihn nicht wieder an?“, fragte er.

Herr Klingmeier unternahm einen neuerlichen Startversuch, aber auch diesmal ohne Erfolg.

In diesem Augenblick betrat Lilo das Steuerhaus des Bootes, in dem poliertes Holz, Chrom und Glas nur so blinkten.

Die Jacht war groß und sogar zum Fahren auf hoher See geeignet. Ihr Preis war ungeheuerlich. Herr

Klingmeier hätte sich niemals ein so teures Schiff leisten können. Ein Geschäftspartner hatte es ihm aber kostenlos für eine Woche zur Verfügung gestellt. Gemeinsam mit seinem Sohn Axel und dessen Knickerbocker-Freunden Lilo, Poppi und Dominik war er in See gestochen.

„Ein Unwetter zieht auf!", meldete Lilo.

Poppi drängte hinter ihr nach. „Das sieht nach Sturm aus. Ich werde leicht seekrank."

Nun kam auch noch Dominik von draußen herein. „Meiner Einschätzung nach müssen wir in weniger als zehn Minuten mit Sturm und heftigem Regen rechnen. Wir sollten wirklich besser aus dem Zentrum des Gewitters fahren."

Herr Klingmeier warf die Arme in die Höhe.

„Kannst du aufhören, hier so klug zu schwätzen? Raus mit euch allen! Auf der Stelle!"

Beleidigt verzog Dominik das Gesicht, drehte sich um und ging. Er trat auf die kleine Plattform vor dem Steuerhaus und stieg die Leiter hinunter, die zum Hauptdeck führte. Dort befanden sich der Wohnraum und die Küche. Die vier Kajüten lagen noch eine Etage tiefer im Bauch der Jacht.

Axel blieb bei seinem Vater. Lilo wollte auch nicht gehen, aber Poppi zog sie ins Freie. Sie hatte keine Lust, Herrn Klingmeier zu reizen und dann vielleicht einen Wutausbruch auszulösen.

„Papa, willst du nicht funken?“, hörten die Mädchen Axel fragen.

Hektisch zog Herr Klingmeier das Mikrofon des Funkgeräts aus der Halterung und drückte einige Tasten.

Lilo beobachtete ihn durch die halb offene Tür. Sehr fachmännisch wirkte es nicht, wie er versuchte, Funkkontakt herzustellen.

Auf dem Steuerpult leuchteten der Bildschirm des Navigationsgerätes und des Echolotes, das die Wassertiefe anzeigte. Außerdem blinkten mehrere Kontrolllämpchen.

Die schwarze Gewitterfront näherte sich in rasendem Tempo. Sobald sich die Wolken vor die Sonne schoben, war das gleißende Licht über dem Indischen Ozean verschwunden. Es wurde düster.

Fast gleichzeitig kam aus dem Kasten unter dem Steuerrad ein scharfes Zischen. Alle Anzeigegeräte und Lampen erloschen. Noch immer drückte Herr Klingmeier auf Knöpfe und Tasten, ließ dann aber das Mikrofon sinken und stieß einen wütenden Fluch aus.

„Was machen wir jetzt?“, wollte Axel wissen.

„Runter mit dir! Zu den anderen. Alle in die Kabine. Ich komme später!“

Poppi und Lilo gingen neben dem Ausgang des Steuerhauses in Deckung. Axel stolperte an ihnen vorbei, bemerkte sie, ließ es sich aber nicht anmerken. Hinter ihm schloss sein Vater energisch die Tür.

Axel kauerte sich zu seinen beiden Knickerbocker-Freundinnen.

„Jetzt weiß ich, von wem du deine Sturheit hast", flüsterte Lilo ihm zu. Mit dem Daumen deutete sie auf das Steuerhaus. Axel schnitt ihr eine Grimasse.

Poppi hob den Kopf und spähte über das Geländer auf das Meer hinaus.

„Wir stoßen gleich zusammen!", rief sie warnend.

Lilo und Axel folgten ihrem Blick.

An Backbord war ein anderes Schiff aufgetaucht. Der Rumpf war aus sehr dunklem Holz gebaut. Am Bug hing eine altmodische Galionsfigur.

Von unten kam Dominiks Ruf. „Ihr solltet einen Blick durch mein neues Fernglas werfen."

Die drei kletterten die Leiter hinunter. Dominik erwartete sie bereits auf der freien Fläche vor der Salonkabine. Vor die Augen hielt er ein starkes und sehr großes Fernglas. Er reichte es Lilo.

„Die Galionsfigur musst du dir ansehen!"

Lilo stellte scharf. Die Wellen schaukelten die Jacht hin und her. Es war nicht einfach, das Fernglas ruhig genug zu halten, um etwas erkennen zu können.

„Sieht aus wie eine Frau mit Schlangen auf dem Kopf", meldete sie.

„Die Medusa, eine Gestalt aus der griechischen

Sagenwelt. Ihre Haare waren Schlangen, und wen ihr Blick traf, der wurde zu Stein", erklärte Dominik, der manchmal ein Lexikon auf Beinen war.

Alle vier Knickerbocker hielten sich am Geländer fest, weil die Jacht so heftig schwankte.

An Deck des dunklen Schiffes tauchte eine Gestalt auf. Lilo versuchte, sie durch das Fernglas genauer anzusehen.

„Ein Mann", sagte sie. „Hat ein Tuch um den Kopf geschlungen. Und so einen dunkelroten Mantel an. Er schaut zu uns herüber."

Lilo betrachtete sein Gesicht und stutzte.

„Er muss uns helfen. Wir sind in Seenot", rief Poppi. Sie begann, mit beiden Armen zu winken. „Hilfe! SOS! SOS!"

„Mayday! Mayday!", brüllte Dominik, der die lauteste Stimme der Knickerbocker hatte. Er hatte für seine Theaterauftritte viel Stimmtraining machen müssen.

„Was soll Mayday heißen? Maitag?" Axel war anzuhören, wie lächerlich er Dominiks Ruf fand.

„Mayday ist der internationale Notruf", belehrte ihn Dominik.

Der Mann auf dem anderen Schiff winkte zurück. Lilo schaute angestrengt durch das Fernglas. Das heftige Schwanken machte es schwierig, ihn ins Blickfeld zu bekommen.

Sie hatte also richtig gesehen. Es war keine Täuschung gewesen. Das Gesicht des Mannes hatte tatsächlich zwei Farben. Die linke Hälfte war grün, die rechte Hälfte rot.

Die Hände vor dem Mund zum Trichter geformt, brüllten die anderen drei Knickerbocker: „Help!" – „Hilfe!" – „SOS!" – „Mayday!"

Aus dem Motorraum der Jacht kam Elroy geklettert. Er war ein rothaariger Matrose mit vielen Sommersprossen, der an Bord nach dem Rechten sah. Die vier Freunde mochten den stets gut gelaunten jungen Mann sehr und kratzten immer all ihr Englisch zusammen, um sich mit ihm zu verständigen.

„Totalausfall im Maschinenraum. Ich kann den Grund aber nicht entdecken. Der Kahn war gerade erst im Trockendock, wo er komplett durchgecheckt wurde."

„Da ist ein Schiff! Das muss uns retten!", rief Axel ihm zu.

Elroy sprang zur Reling. Danach kletterte er sofort nach oben zur Kommandobrücke, wo Herr Klingmeier verzweifelt versuchte, das Steuerrad festzuhalten. Mit einer roten Flagge kam Elroy wieder heraus. Er stellte sich auf die Plattform und schwenkte die Signalfahne mit beiden Händen. Eine starke Böe entriss sie ihm und sie landete in den schäumenden Wellen. Für kurze Zeit schaukelte sie an der Oberfläche, bevor das Meer sie verschlang.

Das Holzschiff änderte seinen Kurs und steuerte auf die Jacht zu. An Deck zeigten sich zwei dunkelhäutige Männer, die Seile bereithielten. Als das Schiff nah genug war, warfen sie die Seilenden herüber. Elroy fing eines, das andere erwischte Axel gerade noch, bevor es ins Meer fiel.

„Sie nehmen uns in Schlepptau!", brüllte Elroy durch das Brausen des Sturmes.

Die ersten Regentropfen begannen zu fallen. Von unten spritzte die Gischt hoch. Die Knickerbocker waren sofort bis auf die Haut nass.

„Unter Deck", befahl der Matrose der Bande.

Der Regen wurde immer stärker. Himmel und Meer schienen sich vereinen zu wollen.

Vom Deck aus konnten die vier Freunde auf die hintere Plattform des Holzschiffes sehen. Zwischen den Regenschleiern tauchte ein extrem großer und schlanker Mann auf. Sein langer, weiter Mantel wurde vom Sturm in die Höhe gerissen, wie zuvor Elroys rote Flagge. Mit beiden Händen zog der Mann ihn energisch wieder hinunter.

Ein Blitz schoss aus den Wolken. Das grelle Licht ließ das Holzschiff schneeweiß erscheinen. Für den Bruchteil einer Sekunde war der Kopf des Unbekannten zu erkennen: sehr schmal, sehr spitz, sehr kahl. Trotz des Unwetters stand der Mann fest und sicher auf dem schwankenden Deck. Er starrte zur Knickerbocker-Bande hinüber.

Wer war das?

DIE INSEL TENOJA

Das fremde Holzschiff wirkte zwar etwas altmodisch, es musste aber mit hochmoderner Technik ausgestattet sein.

Elroy war bei Herrn Klingmeier auf der Kommandobrücke geblieben und half ihm, die Jacht auf Kurs zu halten. Über ein akkubetriebenes Funkgerät standen die beiden mit Axel und seinen Freunden im Salon in Verbindung.

„Alles in Ordnung bei euch dort unten?“, erkundigte sich Herr Klingmeier.

„Bisher ist noch keiner seekrank!“, meldete Axel.

Beim wilden Schaukeln der Jacht grenzte das an ein Wunder.

Poppi kauerte auf dem Sofa, das in einer Ecke an die Wand gebaut war. Dominik hockte auf dem Boden und summte vor sich hin. Es war ein Trick, seine Angst zu überspielen. Lilo stand an der Scheibe der Tür und blickte in den Regen hinaus.

Der Mann mit dem Umhang war an Deck des anderen Schiffes nicht mehr zu sehen. Lilo hatte einen Moment lang gedacht, sie seien in die Dreharbeiten eines Films geraten. Solche Schiffe und Leute gab es doch nur im Kino.

Oder?

„Die *Dysderidae* schleppt uns zu einer Insel!", berichtete Herr Klingmeier von oben.

Poppi horchte auf. „*Dysderidae*? Was ist das für ein Name?"

Dominik war dankbar, etwas anderes tun zu können, als auf dem Boden zu sitzen. Sich links und rechts an den Handläufen festklammernd, kletterte er die steile Treppe hinunter zu den Kajüten. Dort kramte er in seiner Tasche herum und holte sein neues Handy heraus. Er war sehr stolz darauf, hatte aber im Indischen Ozean keinen Empfang. Trotzdem war es ihm jetzt nützlich. Er hatte darin ein Lexikon gespeichert, in dem er den Namen des Holzschiffes nachschlagen konnte.

Als er zu den anderen zurückkehrte, hatte er überraschende Neuigkeiten: „*Dysderidae* bedeutet übersetzt ‚Sechsaugenspinne'."

„Hochinteressant", staunte Lilo.

Durch die Fenster an der Seite der Jacht konnten sie den flachen grünen Streifen einer Insel vorbeiziehen sehen. Von einem Landungssteg kam ein wendiges Schnellboot gefahren. Tapfer kämpfte es sich durch Wind, Wellen und Regen.

„Das Boot wird euch auf die Insel bringen. Geht an Bord!“, befahl Herr Klingmeier.

Am Schnellboot wurden ballonartige Wülste auf die Außenbordwand gehängt. Sie sollten das harte Zusammenstoßen von Jacht und Boot verhindern. Zwei Matrosen in weiß-blauen Regenjacken arbeiteten mit sicheren Handgriffen und riefen dann auf Englisch in die Richtung der Jacht, dass die Passagiere an Deck kommen sollten.

„Nehmen wir unsere Taschen mit?“, wollte Poppi wissen.

„Besser nicht!“, entschied Lilo. „In diesem Unwetter wird sonst alles nass. Unsere Jacht wird schon nicht sinken.“

„Papa kann doch nicht weiter auf der Kommandobrücke bleiben“, meinte Axel, der sich um seinen Vater Sorgen machte.

„Er weiß, was er tut!“, beruhigte ihn Lilo.

Sie trat als Erste in das Tosen hinaus. Poppi folgte ihr. Lilo half dem jüngsten Mitglied der Bande zum Heck, wo sich eine Tür in der hinteren Schiffswand befand.

Das Schnellboot war so nah, dass die Matrosen große Haken ausstreckten und es damit ganz dicht an die Jacht heranzogen.

Lilo öffnete die Klappe und bugsierte Poppi in die Öffnung. Starke Arme griffen nach ihr und zogen sie an Bord. Dominik war der Nächste, Axel der Dritte. Lilo bildete den Abschluss.

Die Matrosen begrüßten sie freundlich und führten sie in den überdachten Bereich. Sie reichten ihnen weiche Handtücher, in die sich die vier einwickelten.

„Mein Vater und Elroy sind noch drüben!“, machte Axel die Bootsbesatzung aufmerksam.

Die dunkelhäutigen Männer nickten wissend.

„Wir bringen euch an Land, unsere Kollegen kümmern sich um die anderen und die beiden Schiffe. Keine Bange, wir haben alles im Griff“, sagte der Größere der beiden.

Lilo sah, dass sich noch zwei weitere kleinere Boote vom Steg lösten und Kurs auf das Holzschiff und die Jacht nahmen.

Es war ein Meisterstück des Mannes am Steuerrad, das Schnellboot so dicht an den Landungssteg zu lenken, dass die Knickerbocker-Bande aussteigen konnte.

Am Steg warteten bereits zwei Männer in Regenjacken. Sie halfen ihnen aus dem Boot und über die nassen Holzplanken an Land. Beide waren dunkelhäutig und hatten strahlend weiße Zähne, die sie wohl gerne zeigten. Das Unwetter schien ihnen die gute Laune nicht verderben zu können.

Die Knickerbocker erreichten einen Sandplatz mit vielen Palmen, Holztischen und Stühlen. Sie sahen ein offenes Haus mit vorstehendem Strohdach. Dorthin wurden sie geführt.

Unter dem Dach erwarteten die vier riesige Sessel mit mächtigen orangefarbenen Kissen. Eine Frau in einem hellen Leinengewand verteilte an sie T-Shirts und lockere Hosen, dazu noch mehr Handtücher. Freundlich sagte sie auf Englisch: „Zieht euch um. Dann gibt es gleich etwas zu trinken. Willkommen auf Tenoja-Island!"

Nachdem die Freunde in einem großen Vorraum der Toilette in die trockenen Sachen geschlüpft waren, kehrten sie zu den gemütlichen Sesseln zurück. Ein Kellner reichte ihnen große Tonbecher mit dampfendem Tee.

Durch den Regen hatte sich die Luft etwas abgekühlt. Es war aber immer noch ziemlich warm.

„Habt ihr Hunger? Wie wär's mit Hamburgern? Oder lieber Sushi? Oder Hähnchen? Oder Spaghetti? Oder Pizza?" Die Frau sah von einem zum anderen.

Poppi wollte Spaghetti mit Tomatensoße, Dominik Sushi, Axel einen Hamburger und Lilo Pizza.

„Mein Name ist übrigens Ronda und ich bin die

Direktorin dieser Ferienanlage“, stellte sich die Frau ihren Gästen vor.

Vom Steg kamen Herr Klingmeier und Elroy, beide hatten sich in große Badetücher gehüllt. Ihre Haare klebten nass am Kopf.

„Ein großartiger Service hier, vielen Dank!“, sagte Herr Klingmeier immer wieder. Er deutete hinter sich. „Die netten Leute kümmern sich um die Jacht und verankern sie draußen. Wenn der Sturm vorbei ist, wollen sie uns helfen, das Schiff wieder in Gang zu bekommen.“

„Was ist mit der *Dysderidae*?“, fragte Lilo.

Herr Klingmeier sah sie verständnislos an. „Mit wem?“

„Mit dem Holzschiff, das uns abgeschleppt hat.“

„Ach, mit dem! Seltsamer Name.“

„Sechsaugenspinne“, erklärte Dominik.

Axels Vater runzelte die Stirn. „Wie?“

Einer der Männer, die ihnen aus dem Boot geholfen hatten, erstattete auf Englisch Bericht: „Das Schiff, das euch in die Nähe dieser Insel gebracht hat, ist weitergefahren. Nicht ganz ungefährlich bei diesem Sturm.“

Der andere blickte auf einmal düster drein, als hätte ihm etwas die gute Laune verdorben.

„Hauptsache, er hat seinen Fuß nicht auf die Insel gesetzt“, murmelte er.

Lilo entging nicht, dass Ronda ihm einen warnenden Blick zuschleuderte. „Ravi, bring unsere Gäste in die Villa vierundsechzig", ordnete sie mit sehr strengem Unterton an.

Mit bockigem Gesichtsausdruck fuhr Ravi trotzdem fort: „Wenn er je auf diese Insel kommt, bleibe ich keinen Tag länger und andere auch nicht."

„Schluss jetzt!" Ronda stampfte energisch mit dem Fuß auf. „Führe endlich die Gäste in ihre Villa." Sie wandte sich lächelnd an Herrn Klingmeier und die vier Knickerbocker. „Sie können selbstverständlich auf der Insel bleiben, bis das Unwetter vorbei und Ihr Schiff wieder seetüchtig ist."

„Danke!" Herr Klingmeier klang erschöpft.

„Nur ein paar kleine Hinweise!" Ronda tippte die Fingerspitzen beider Hände aneinander. „Wundern Sie sich bitte nicht, dass auf unserer Paradiesinsel niemand Schuhe trägt. Es gibt weder Zeitungen noch Fernsehen oder Handyempfang. Hier herrschen fast schon Zustände wie auf Robinson Crusoes Insel – nur viel luxuriöser." Sie lachte kurz. „Auch wenn unsere Villen vielleicht einfach aussehen, finden Sie allen Komfort, den Sie sich wünschen. Das garantiere ich Ihnen."

Herr Klingmeier deutete auf Elroy, der sich die Wassertropfen aus den rotblonden Locken schüttelte.

„Unser Matrose braucht auch eine Unterkunft."

Die Direktorin nickte. „Selbstverständlich. Wir haben einen Raum für ihn, allerdings liegt er auf der anderen Seite der Insel." Sie nannte die Zimmernummer und zeigte in die Richtung, die Elroy einschlagen musste.

Ravi hatte mehrere riesige Regenschirme gebracht, die er verteilte. Es mussten sich immer zwei Leute einen teilen. Lilo konnte es so einrichten, dass sie unter Ravis Schirm ging. Diese Gelegenheit wollte sie nutzen.

DIE WARNUNG

Ravi führte die Knickerbocker und Herrn Klingmeier auf einem Sandweg durch das leuchtende Grün eines Dschungels. Der Regen hatte nicht nachgelassen, war aber angenehm warm.

Im Dickicht schrie ein exotischer Kuckuck immer wieder „Ku-kuru-kuru-kuru“.

Von oben trommelten die Tropfen auf den Stoff des Regenschirms.

„Dieses Schiff“, begann Lilo vorsichtig. „Die Sechsaugenspinne …“

Ravi, der den Schirm trug, blickte sie mit gerunzelter Stirn an.

„War einer von euch auf dem Schiff? Oder ist einer von denen zu euch an Bord gekommen?“, erkundigte er sich. Sein Tonfall war fast so scharf wie bei einem Verhör.

„Nein, nein.“ Lilo winkte ab. „Wir haben nur diesen Mann an Deck gesehen. Mit einem langen Umhang. Und einem sehr schmalen, spitzen Glatzkopf. Ganz seltsam.“

„Der Spinnenmagier!“ Ravi starrte auf den nassen Weg.

Sie waren auf eine Lichtung getreten, die links und rechts von sehr hohen Palmen begrenzt wurde. Die Bäume neigten sich zueinander, als wollten die Kronen mit den langen Palmwedeln ein Schwätzchen halten.

Ein Windstoß rüttelte sie und noch mehr Wasser kam von oben herab. Es klatschte vor Lilo und Ravi in eine breite Pfütze.

Ravi erschrak nicht, sondern führte Lilo ruhig außen um die Pfütze herum.

„Was ist ein Spinnenmagier?“, hakte Lilo nach. So leicht ließ sie nicht locker.

„Er ist ein Sohn des Bösen. Die einzigen Geschöpfe, die mit ihm leben wollen, sind Spinnen. Große, haarige Spinnen und giftige Spinnen.“ Ravi fauchte die Worte.

„Woher wissen Sie das?“ Lilo sah Ravi von der Seite an.

Das dunkle Gesicht des Mannes war auf einmal wie versteinert.

„Er lebt auf der Insel neben meiner Heimatinsel.

Früher war da auch eine Ferienanlage. Heute gehört dort alles ihm. Er empfängt immer wieder Gäste. Keiner weiß, wie sie aussehen. Sie kommen bei Nacht und zeigen sich niemals am Strand."

Das klang wirklich sehr rätselhaft.

„Häufig fährt er mit seinem Schiff herum. Glaube

mir, wo er anlegt, gibt es Unglück, Krankheit, Verderben und sogar Tod."

„Wieso?"

„Genauso war es auf meiner Heimatinsel. Alle Bewohner sind Fischer. Es leben nur vierzig Leute dort. Oder ich sollte besser sagen: Vierzig Leute haben dort gelebt."

Was hatte das zu bedeuten?

„Er ist ein einziges Mal zu uns gekommen. Zum Glück war ich damals nicht auf der Insel, sondern hier. Der Spinnenmagier hat mit meinem Vater gesprochen. Er hat gesagt, dass jeder Mensch, der den Fuß auf seine Insel setzt, verloren ist. Wer es tut, mag die Insel vielleicht noch lebend verlassen, aber es wird nicht lange dauern, bis das Unheil über ihn hereinbricht."

Sehr beeindruckt war Lilo davon nicht. „Und? Ist jemand einmal auf die Insel gefahren?"

So locker sie die Frage auch stellte, so heftig war die Reaktion. Ravi schrie sie an. „Ja. Mein Vater. Und das nur, weil er von einem Gewitter überrascht worden ist, wie ihr heute. Er hat mit seinem Fischerboot am Ufer angelegt und unter Büschen Schutz gesucht."

Eine sehr lange Pause trat ein, die nichts Gutes verhieß.

„Einen Monat später ist er krank geworden. Sein Bein war auf einmal gelähmt. Mein Vater kann nicht mehr fischen gehen und muss zu Hause herumhocken. Es gibt für ihn keine schlimmere Strafe. Nutzlos fühlt er sich. Meine Geschwister und ich müssen Geld zusammenlegen, damit unsere Eltern leben können. Das ist alles die Schuld des Spinnenmagiers."

Sie bogen in einen schmalen Nebenweg ein, über dem die Bäume ein dichtes Blätterdach bildeten. Obwohl es erst Nachmittag war, war es hier so schummrig wie in der Dämmerung.

Eine letzte Frage wollte Lilo unbedingt noch stellen. „Wieso wird der Mann Spinnenmagier genannt? Er ist doch kein echter Zauberer, oder?"

Am Wegrand stand ein Holzschild mit der Nummer vierundsechzig. Ravi drehte sich zu den anderen um, die dicht hinter ihnen waren. Er winkte ihnen zu und deutete auf ein einstöckiges weißes Haus mit Strohdach und viel rotbraunem Holz, neben dem – wie bei allen Villen – ein wunderschöner Swimmingpool zum Baden einlud.

„Hier wohnen Sie!"

Wie Ronda ihnen versichert hatte, bot das Haus allen Luxus von heute. Versteckt in einer einfachen Kommode waren eine Stereoanlage und ein Kühlschrank, außerdem ein Fernseher und ein Telefon.

Es gab zwei Schlafzimmer, ein Wohnzimmer und das tollste Bad, das die Knickerbocker jemals gesehen hatten. Durch die „Badezimmertür“ trat man in einen großen, nach oben offenen Raum, in dem ein weitläufiges, flaches Wasserbecken angelegt war. Die Dusche, die Badewanne und das Waschbecken befanden sich auf kleinen Inseln. Dazwischen wuchsen Bäume und Sträucher, und an den Mauern, die das Bad umgaben, plätscherte Wasser herab. Strohdächer schützten das Waschbecken und die Badewanne vor Regen und Laub.

Nachdem Ravi ihnen im Haus alle Lichtschalter gezeigt hatte, verabschiedete er sich hastig. Lilo wurde das Gefühl nicht los, dass er ihrer letzten Frage ausweichen wollte.

Das machte sie nur noch neugieriger.

SELTSAME VORFÄLLE

Trotz des Unwetters blieb es warm. Als es nicht mehr blitzte und donnerte, sprangen die vier Knickerbocker in den Pool und planschten herum. Der Regen störte sie nicht, da er sich anfühlte wie eine angenehme Dusche.

Axel lachte. „Nicht schlecht hier. Hoffentlich finden sie den Fehler bei der Jacht nicht so schnell. Auf dieser Insel kann ich es ein paar Tage aushalten."

Ein lächelndes Mädchen brachte zwei große Tabletts mit kleinen Häppchen. Ronda schickte sie Herrn Klingmeier und den Freunden zur Stärkung.

Mittlerweile waren auch die großen Reisetaschen von Bord der Jacht geholt und in das Haus gestellt worden. Auf der Insel Tenoja schien alles wie von Zauberhand zu gehen.

Poppi gähnte mehrmals. Die Aufregungen und die raue See hatten sie sehr müde gemacht. Sie nahm ihren MP3-Player aus der Tasche und legte sich auf das breite Bett. Nachdem sie die kleinen Hörer in die Ohren gesteckt hatte, tippte sie auf dem Gerät herum. Auf der Anzeige erschien das Foto einer Frau mit Hunderten blonden Zöpfchen. Eine Augenbraue und einen Mundwinkel hochgezogen, lächelte sie in die Kamera.

Dominik beugte sich zu Poppi und warf einen Blick auf die Anzeige.

„Kannst du die Songs von Eliza Simmons nicht bereits auswendig?“, fragte er grinsend.

„Klar!“ Poppi nickte. „Deshalb höre ich sie mir so gerne an. Weil ich mitsingen kann.“ Sie drückte die *Play*-Taste und lauschte der Rockmusik. Die Augen geschlossen, summte sie dazu.

„Vor dem Haus stehen Fahrräder“, rief Axel, der den Kopf in das Zimmer gesteckt hatte, das sich die vier teilten. „Kommt jemand mit? Ich will eine Runde drehen!“

Lilo war sofort dabei. Dominik hatte keine Lust.

Der Regen hatte nachgelassen. Von den großen Blättern der Dschungelpflanzen kippte immer wieder eine Ladung Wasser auf die beiden Knickerbocker herab. Axel und Lilo stießen jedes Mal einen spitzen Schrei aus, mussten dann aber sofort lachen.

Die Füße in die Höhe gestreckt, rollten sie durch die Pfützen auf dem Weg. Sie versuchten, sich darin zu übertreffen, das sandige Wasser hoch aufspritzen zu lassen.

An den Gepäckträgern klapperten kleine Holzschilder, in die ihre Hausnummer vierundsechzig eingebrannt war. Sie waren mit Fäden am Gestänge befestigt.

Einer der Wege führte zu einem sehr langen Holzsteg, der weit ins Meer hinausragte. Am anderen Ende hatte gerade ein schnittiges Schnellboot angelegt. Um es genauer ansehen zu können, radelte Axel über die feuchten Planken zur Anlegestelle. Lilo blieb unter den Bäumen.

Am Heck des Bootes stand in leuchtenden Buchstaben: *SONNENSCHIFF 4*. Ein untersetzter Mann in kakifarbenen Shorts und orangem T-Shirt kletterte an Land, wo er schon von zwei freundlichen Mitarbeitern der Ferienanlage erwartet wurde. Sie begrüßten ihn als Mr Sell und drückten ihre Freude über seinen Besuch aus.

Axel schnappte auf, wie einer von ihnen sagte: „Es ist für uns eine Ehre, wenn der Direktor der Sonneninsel bei uns seine drei freien Tage verbringt.“

Mr Sell lächelte dünn und nickte. „Muss ein wenig spionieren“, sagte er augenzwinkernd. „Möchte herausfinden, was ihr hier schlechter macht als wir und weshalb so viele eurer Gäste lieber bei uns die Ferien verbringen."

Das sollte wohl ein Scherz sein. Bei Rondas Mitarbeitern kam es aber nicht so an. Ihre sonst lachenden Gesichter wurden ernst und abweisend. Wortlos nahmen sie die beiden großen Reisetaschen, die ziemlich teuer aussahen, und trugen sie zur Insel.

Der Direktor der Sonneninsel schien nicht zu begreifen, was er gerade angerichtet hatte. Unbeirrt schwatzte er weiter vor sich hin, während er den Männern folgte.

Der Kapitän des Schnellbootes, der eine knallorangefarbene Baseballkappe trug, lenkte das Boot mit tuckerndem Motor hinaus auf das Meer. Sobald er die spitzen Felsen des Riffs, die aus den Wellen ragten, hinter sich gelassen hatte, gab er Gas und raste davon. Bewundernd sah Axel dem Boot nach. Der Bug hatte sich steil aus dem Wasser gehoben.

Als Axel zu Lilo zurückkam, meinte er: „Mit so einem Boot möchte ich auch einmal fahren."

„Es ist wie du!", stellte Lilo fest.

„Hä?" Axel verzog das Gesicht.

„Sehr schnell", fuhr Lilo fort.

Axel nickte zustimmend.

Lilo aber war noch nicht fertig. „Sehr schnell und ein Krachmacher!"

„Frechheit!", brauste Axel auf.

Lachend trat Lilo in die Pedale und fuhr davon. Heftig strampelnd folgte Axel ihr. Dabei überlegte er fieberhaft, wie er sich an Lilo rächen könnte.

Um von Axel nicht erwischt zu werden, legte Lilo einen Zahn zu. Sie schlitterte in enge Kurven, musste sich ducken, weil Äste regenschwer über den Weg hingen, und hatte bald die Orientierung verloren. Die Sandwege waren sicher nach einem System angelegt, das sie aber noch nicht durchschaut hatte. Obwohl die Insel bestimmt nicht länger als einen Kilometer war, wusste Lilo bald nicht mehr, wie sie zurück zu ihrem Haus finden sollte.

An einer Kreuzung, wo gleich fünf Wege aufeinandertrafen, blieb sie stehen und sprang vom Sattel. Sie warf einen Blick nach hinten, um zu sehen, wo Axel blieb.

Aber er war ihr gar nicht bis hierher gefolgt.

Was hatte das zu bedeuten? Normalerweise nahm er jedes Wettrennen sofort auf, weil sein brennender Ehrgeiz ihn antrieb zu gewinnen. Es war sehr überraschend, dass er Lilo so einfach hatte davonkommen lassen.

Über ihrem Kopf schrie der Dschungelkuckuck von Neuem sein „Ku-kuru-kuru-kuruuu“. Sonst aber war es sehr still.

In welche Richtung sollte sie jetzt weiterfahren? Es konnte doch nicht so schwierig sein, wieder auf einen der Hauptwege zu gelangen. Die Situation kam ihr richtig lächerlich vor.

Unter den langen Blättern einer Staude erkannte sie ein kleines Holzschild. Ein dunkler Pfeil war hineingeschnitzt. Daneben stand *PRIVAT*. Für Lilo war das eine Aufforderung, den Weg zu nehmen. Wer auch immer am Ende wohnte, würde ihr bestimmt weiterhelfen können. Sie schwang sich wieder auf das Fahrrad und folgte dem geschwungenen Pfad. Wie eine Schlange kroch er zwischen Bäumen und Büschen immer tiefer in das grüne Dickicht.

Schließlich erreichte Lilo einen runden Vorplatz. Dahinter erhob sich ein weißes Haus mit braunen Fensterrahmen und Türen, das ihrem recht ähnlich sah, aber mindestens fünfmal so groß war. Teile davon waren in die Kronen der Bäume gebaut und nur durch Hängebrücken zu erreichen. Umgeben war das Gebäude von einer weißen Mauer mit einem breiten Tor. Ein Flügel stand offen.

Nachdem sie das Rad gegen einen Baumstamm gelehnt hatte, ging Lilo auf das Tor zu. Sie konnte einen Blick auf einen langen Swimmingpool werfen, auf Terrassen, die auf Stelzen erhöht standen, und auf einige bunte Liegestühle, auf denen sich gebrauchte Badetücher türmten.

Das Wasser im Pool war sehr bewegt. Dort musste vor kurzer Zeit jemand geschwommen sein.

„Ha… hallo?“, rief Lilo, allerdings nicht wirklich laut. Das riesige Anwesen schüchterte sie ein. Falls es auch ein Ferienhaus war, hatte es wahrscheinlich ein sehr, sehr reicher Mensch gemietet. Solche Leute wurden bestimmt ungemütlich, wenn sie in ihrem feinen Urlaub gestört wurden.

Es raschelte links von ihr in einem dichten Gebüsch. Darunter kamen zwei gefleckte Kaninchen hervorgeschossen. Ihnen folgte eine Henne mit ihren Küken. Lilo musste über sich selbst lachen. Axel erfuhr besser nicht, dass diese harmlosen Tiere sie so erschreckt hatten.

„Hallo?“, rief Lilo noch einmal. Eigentlich wollte sie lieber abhauen, aber irgendetwas trieb sie an, noch ein paar Schritte weiterzugehen.

Lilo blieb neben einer Liege stehen. Obenauf lag ein schwarzes Frotteehandtuch. Das erstaunte Lilo. Wer verwendete schwarze Handtücher?

Hinter ihr knackte ein Ast. Sie wollte sich umdrehen, kam aber nicht dazu. Jemand packte sie hart an der Schulter und riss sie zu Boden. Sie landete auf der Seite und bekam auch noch einen Schlag auf den Kopf, der ihr Gesicht in den nassen Sand bohrte.

Spuckend und hustend stemmte sie sich in die Höhe.

DER SCHWARZE SCHLEIER

Mit einem lauten Knall fiel der offene Flügel des großen Holztores zu. Lilo bildete sich ein, das Geräusch von eilig flüchtenden Schritten und das Klappern des Fahrrades zu hören. Sie sprang auf und stürzte an das Tor.

Der Vorplatz war leer. Ihr Rad weg. Eine sehr wackelige Spur bewies, dass der Fahrer Probleme gehabt hatte, das Gleichgewicht zu halten. Mittlerweile war er hinter der ersten Biegung verschwunden. Lilo machte ein paar Schritte in die Richtung, blieb dann aber stehen.

Es hatte keinen Zweck. Wer auch immer sie zu Boden gestoßen hatte, war fort. Sein Vorsprung war zu groß.

„He!", rief jemand hinter Lilo. Sie fuhr erschrocken zusammen wie ein kleines Kind, das bei etwas Verbotenem ertappt worden war.

Im Tor hatte sich ein Muskelprotz aufgebaut. „He, was erlaubst du dir?“, fragte er.

Sein Gesicht war wölfisch. Wäre Poppi dabei gewesen, hätte sich Lilo diesen Vergleich nie erlaubt. Poppi liebte Wölfe und hatte sogar schon einmal zahme Wolfsbabys gestreichelt. Mit wölfisch meinte Lilo den verschlagenen Gesichtsausdruck, den diese Tiere oft in Bilderbüchern hatten.

Angeberisch ließ der Mann die Oberarmmuskeln zucken. Er trug nur groß gemusterte Badeshorts, die bis zu den Knien reichten.

„Was schnüffelst du hier herum? Hier ist privat!“

„Ich … ich habe mich verirrt …“, stotterte Lilo, was schließlich auch die Wahrheit war. „Und da war jemand … er hat mich niedergestoßen …“

Der Mann runzelte die Stirn.

„Was haben wir jetzt?“, fragte er. „Märchenstunde? Etwas Dümmeres fällt dir wohl nicht ein, was?“

„Das stimmt aber!“ Lilo kam ein rettender Gedanke. „Es müssten Fußspuren zu sehen sein. Neben dem Liegestuhl mit dem schwarzen Handtuch drauf.“ Sie trat dicht an den Mann heran und sah durch die offene Tür in den Garten.

Die Liege war noch da.

Das schwarze Handtuch nicht.

„Hast du es geklaut?“ Der Mann packte Lilo hart am Arm und drückte ihr die Finger ins Fleisch.

„Sie tun mir weh“, protestierte sie. „Wenn Sie die Fußabdrücke sehen, glauben Sie mir bestimmt.“

Ohne sie loszulassen, trat der Mann zu der Stelle, auf die Lilo deutete. Im feuchten Sand konnte man erkennen, wo sie gestürzt war. Sogar der Abdruck ihrer Nase war zu sehen.

Die unteren Äste des Busches waren abgebrochen. Ein paar Blätter lagen herum. Wie Lilo vermutet hatte, waren tatsächlich Schuhabdrücke auszumachen. Sie stammten von Schuhen mit völlig flachen Sohlen. Kein Profil, kein Absatz, nichts.

Wer auch immer sich auf sie gestürzt hatte, war mit ziemlich großen Schritten geflüchtet. Lilo las das aus dem Abstand der Fußabdrücke ab, die zum Tor führten.

Über ihnen im ersten Stock quietschte eine Balkontür.

„Darling, wo bleibst du?“, rief eine singende Frauenstimme. Sie hörte sich verschlafen an.

„Bleib drinnen. Ich bin gleich zurück!“ Mit der Frau redete der Mann zwar energisch, aber deutlich freundlicher. Lilo beförderte er wieder hinaus auf den Vorplatz. Er stieß sie weg, als hätte sie eine ansteckende Krankheit.

„Komm noch einmal hierher und ich alarmiere

den Sicherheitsdienst und rufe den Manager an. Glaube mir, ich kann veranlassen, dass du samt deinen Eltern von der Insel fliegst." Grußlos drehte er sich um und schlug den Torflügel hinter sich zu. Innen wurde ein Schlüssel zweimal gedreht.

Rückwärtsgehend entfernte Lilo sich. Sie blickte zu den drei Fenstern im oberen Stockwerk hinauf. Im linken tauchte eine Frauengestalt auf.

Die Frau hatte einen schwarzen Schleier übergeworfen – wie eine Braut. Ihr Gesicht war von dunklem Tüll verdeckt. Als Lilos und ihr Blick sich trafen, drehte sich die Person schnell weg und trat zurück in das Halbdunkel des Zimmers.

Kopfschüttelnd machte sich Lilo auf den Weg zu der Kreuzung. Ein paar Meter konnte sie die Fahrradspur verfolgen. Dann aber war der Unbekannte zwischen kleinen Büschen und Bäumchen weitergeradelt, die aus dem Dschungelboden sprossen. Der Boden war mit welkem Laub bedeckt, das in der feuchten Luft vor sich hin rottete. Es düngte die neuen Pflanzen, doch darauf waren keine Radspuren zurückgeblieben.

Eine halbe Stunde, die Lilo ewig lang vorkam, irrte sie auf den schmalen Pfaden umher, bis sie endlich den Hauptweg erreichte. Dort stand eine große Holztafel, auf der angeschrieben war, in welcher Richtung sich die Villa vierundsechzig befand.

Nur ein kleines Stück weiter fand Lilo noch etwas: ihr Fahrrad. Sie erkannte es sofort am kleinen Holzschild mit der Hausnummer am Gepäckträger. Das Rad war einfach neben den Weg geworfen worden.

Lilo hob es auf und untersuchte es. Vielleicht hatte der Unbekannte irgendeinen Hinweis auf sich hinterlassen.

Entdecken konnte sie aber nichts. Schließlich stieg sie auf und legte den Rest des Weges mit dem Fahrrad zurück.

„Gibt es auf dieser Insel ein Bermudadreieck?", fragte Dominik, als Lilo kurz darauf das Haus betrat. Er saß auf dem Sofa und hatte ein aufgeschlagenes Buch auf den Knien.

„Wieso?" Lilo schüttelte verwundert den Kopf.

„Axel ist vorhin zurückgekommen und hat erzählt, du wärst auf einmal verschwunden gewesen."

„Umgekehrt. *Er* war auf einmal nicht mehr hinter mir", korrigierte Lilo.

„Jetzt ist er dich suchen gefahren und selbst verschwunden, dafür tauchst du wieder auf!" Dominik redete in seinem Professorenton, der die anderen Knickerbocker ziemlich aufregen konnte.

Lilo kam ein Verdacht: War Axel ihr vielleicht doch gefolgt? Unauffällig und heimlich? Womöglich hatte er sich einen Scherz erlaubt und den „Überfall" vorgetäuscht?

In diesem Moment betrat Axel die Villa. Er sah erhitzt aus.

Drohend kniff Lilo die Augen zu schmalen Schlitzen zusammen. „Falls du es warst, dann finde ich es nicht witzig!"

Axel neigte den Kopf zur Seite. Mit gespielter Güte fragte er: „Kann man auch dann einen Sonnenstich bekommen, wenn die Sonne gar nicht scheint?"

Da trat Herr Klingmeier aus dem Badezimmer. Er machte ein gequältes Gesicht.

„Ist was, Papa?", fragte Axel besorgt.

„Kopfschmerzen. In meinem Kopf dröhnt es. Es fühlt sich an, als würde jemand in meinem Schädel sitzen und mit einem Hammer gegen meine Stirn schlagen."

„Bist du krank?"

„Nein, nein. Die Aufregung mit der Jacht war nur etwas zu viel für mich. Ich lege mich besser hin. Könntet ihr ohne mich abendessen gehen?"

Lilo nickte. „Wir sind schon große Mädchen. Wir schaffen das. Und wir passen auf, dass sich die Jungs nicht das ganze Gesicht mit der Gabel zerstechen."

Axel schnitt ihr eine Grimasse. Herr Klingmeier musste lachen, was neue Schläge in seinem Kopf auslöste.

Es kam Lilo gelegen, mit ihren Freunden eine Stunde allein zu sein. Es gab einiges zu erzählen.

DAS SCHWARZE HANDTUCH

„*Das* ist das Restaurant?“ Dominik blickte über den Rand seiner Brille hinweg zu den groben Holztischen. Der Boden war aus Sand und es gab weder Türen noch Fensterscheiben. Auf geschwungenen Mauern thronte ein hohes Strohdach, das gegen den Regen schützte. Der Abendwind – sehr warm und feucht – strich durch die Öffnungen in den Wänden und machte die Schwüle erträglich.

Axel äffte Dominiks Naserümpfen nach. „Iiiii“, quietschte er, „bestimmt hüpfen hier die Sandflöhe und Wüstenwürmer ins Essen. Lord Dominik ist viel zu feeeiiiiin, um hier zu speisen.“

Energisch schob Dominik seine Brille nach oben. „Ich schlage vor, dass du mir den Buckel hinunterrutschst.“

Das kostete Axel nur einen Lacher. „Besser nicht, sonst klappst du zusammen."

Ein Mann in sandfarbenem Hemd und passender Leinenhose trat aus der Dunkelheit auf sie zu. Geschäftig rieb er sich die Hände. Mit einer kleinen Verbeugung sagte er: „Guten Abend, ihr müsst die Schiffbrüchigen sein, die sich auf unsere Paradiesinsel gerettet haben."

Lilo erwiderte sein freundliches Lächeln. „So kann man es auch nennen. Auf jeden Fall haben wir jetzt Hunger wie nach drei Wochen auf einem Floß im offenen Meer."

„Ich bin Said und ich werde euch betreuen", stellte sich der Mann vor. Er führte die Bande in das Innere des Restaurants, wo auf einem riesigen Tisch ein buntes Büfett aufgebaut war. So viele verschiedene Speisen auf einem Platz hatte keiner der vier jemals zuvor gesehen.

Said bot den Freunden einen Tisch an der Wand an. Von hier blickten sie durch die offenen Torbögen hinaus in den Palmenhain. Da und dort waren flackernde Öllampen aufgestellt worden. Der Anblick war sehr romantisch, fast wie in einem Märchen.

„Bitte bedient euch und nehmt alles, was euch schmeckt!" Said deutete auf das Büfett. Zu trinken bot er Eistee an. Dominik bevorzugte Mineralwasser, die anderen drei waren von Eistee begeistert.

Kurze Zeit später saßen sie um den Tisch herum und jeder hatte einen voll beladenen Teller vor sich. Alle vier waren mit Essen beschäftigt und keiner redete ein Wort.

Aus den Augenwinkeln beobachtete Lilo das Eintreffen eines eleganten Ehepaares. Beide waren schon etwas älter, aber auf ihre Weise sehr besonders.

Said begrüßte sie höflich. Lilo schnappte auf, wie er sie mit Guni und Gottfried anredete. Er bewunderte Gunis weißes Seidengewand. Geschmeichelt lachte die Frau auf und strich sich das rotblonde lange Haar nach hinten. Dann sagte sie etwas zu ihrem Begleiter, was deutsch klang.

Gottfried hatte einen bürstenartigen Schnauzbart und verschmitzt blitzende Augen. Irgendwie erschien er Lilo jungenhaft, obwohl er bestimmt so alt war wie ihr Großvater.

Die Dame bemerkte Lilos Blick. Zum Wegschauen war es zu spät. Freundlich lächelte Guni in ihre Richtung. Verlegen grüßte Lilo mit einem Kopfnicken. Schnell beugte sie sich wieder über ihren Teller und schaufelte sich den bunten Reissalat, der ihr besonders schmeckte, in den Mund.

Bevor sie sich über den zweiten Teil des Büfetts hermachten, der ein Wunderland aus Nachspeisen war, berichtete Lilo den anderen von ihren Erlebnissen am Nachmittag.

Axel hob die Arme. „Ich war es nicht. Warum sollte ich dir in einem fremden Haus auflauern?"

Das leuchtete Lilo ein. Aber wer war es dann gewesen und wieso war sie überhaupt niedergestoßen worden?

„Damit du nicht das schwarze Handtuch nimmst!", sagte Poppi auf einmal.

Lilo runzelte die Stirn. „Das könnte stimmen. Es kann mit dem Handtuch zu tun haben. Mein Angreifer muss es mitgenommen haben."

„Vielleicht war es in Wirklichkeit aus Gold. Aus schwarzem Gold!", warf Axel ein.

Dominik verdrehte die Augen. „Was soll das sein, ‚schwarzes Gold'? So nennt man doch Erdöl."

„War nur ein Scherz!"

Said trug einen Metallkorb in den Raum, wie sie viele Fahrräder vorne auf der Lenkstange hatten.

Lilos Augen wurden groß. Obenauf lag ein schwarzes Handtuch.

Der Korb wurde zum Tisch von Guni und Gottfried getragen. „Sie haben das hier auf dem Fahrrad vergessen", erklärte Said höflich. „Ich dachte nur, vielleicht hat Gottfried etwas von seinen Malsachen darin."

Das Ehepaar bedankte sich überschwänglich. Guni nahm das schwarze Handtuch weg und darunter kam eine kleine Ledertasche zum Vorschein. „Wie konnte ich die nur vergessen“, machte sie sich selbst Vorwürfe.

Dominik wollte endlich sein Dessert haben. Er konnte es kaum noch erwarten. Die anderen folgten ihm. Auf dem Weg kam Lilo am Tisch von Guni und Gottfried vorbei.

„Ver… Verzeihung“, sagte sie auf Deutsch. Normalerweise war sie nicht schüchtern, aber bei diesen beiden Leuten kostete es sie einige Überwindung, sie anzusprechen. Die zwei sahen ein wenig überrascht, aber sehr freundlich zu ihr auf.

„Das schwarze Handtuch … wo … wo haben Sie das her?“

Guni lachte glockenhell eine kleine Tonleiter. „Ist daran etwas Besonderes?“

„Äh …“ Lilo zuckte ausweichend mit der Schulter. „Ja und nein.“

Gottfried musterte Lilo durch seine Drahtbrille. „Ist das eine neue Mode, diese schwarzen Handtücher?“

„Nein. Es hat mit etwas anderem zu tun.“

„Das Handtuch war in unserer Villa. Im Badezimmer. Ihr müsstet eigentlich auch welche haben“, meinte Guni.

Die Antwort war für Lilo sehr enttäuschend. Gottfried bemerkte ihren Blick. „Habt ihr kein schwarzes? Willst du eins? Du kannst gerne unseres haben.“

„Sehr nett, danke … danke nein … das ist nicht nötig …"

„Macht euch das Spaß, ganz allein zu essen?", erkundigte sich Guni.

„Axels Vater hat Kopfschmerzen", erklärte Lilo. Sie deutete auf ihren Knickerbocker-Kumpel.

Gottfried lächelte voller Mitleid. „Ihr seid die Armen, die hier gestrandet sind, nicht wahr?"

Lilo nickte. Die Neuigkeit hatte auf der Insel wohl schnell die Runde gemacht.

Gottfried holte ein Skizzenbuch aus der Ledertasche und schlug es auf. Ein dunkelblaues Bild war zu sehen: die tosende See mit dem Holzschiff des Spinnenmagiers.

„Ich habe euch beobachtet. Vom Balkon unserer Villa aus. Das habe ich sofort zeichnen müssen. Daheim werde ich das Ganze als Ölbild malen."

„Gottfried ist ein sehr bekannter Künstler", erklärte Said, der dem Ehepaar zwei Gläser Wein brachte.

„Toll!", meinte Lilo. „Sehr toll."

„Da, das ist für dich!" Guni gab ihr das schwarze Handtuch. Lilo nahm es nun doch.

Wieso jemand ein Handtuch stahl, das ohnehin überall zu bekommen war, blieb Lilo jedoch ein völliges Rätsel.

Guni legte Gottfried die Hand auf den Arm. „Ich

glaube, ich möchte mich bald hinlegen. Mir ist nicht ganz wohl."

Seine Sorge stand Gottfried ins Gesicht geschrieben. „Was hast du denn? Liegt es am Essen?"

„Nein, nein!" Guni lächelte. „Vielleicht kommt es von der Yogastunde. Ich fühle mich ein wenig steif. Meine Arme und Beine tun weh."

Das Ehepaar erhob sich. Beim Verabschieden sagte Gottfried zu den Knickerbockern: „Ihr könnt uns gerne mal besuchen. Wir würden uns freuen. Villa Nummer neun."

FUSSSPUREN

„Ganz schön heiß für mitten in der Nacht", stellte Dominik fest. Er zupfte sich das Hemd von der Brust, das feucht auf seiner Haut klebte.

Axel flötete mit gespitzten Lippen: „Für unseren feinen Graf Dominik wirklich eine Zumutung, dass er hier schwitzen muss. Ruft die Diener, die ihm kühle Luft zufächeln."

Seelenruhig erwiderte Dominik: „Ich gratuliere dir, Axel."

Diese Ansage überraschte seinen Freund.

„Wozu?"

„Das ist die erste gute Idee, die du in den vergangenen drei Monaten gehabt hast. Und jetzt organisiere bitte die Diener."

Axel nahm es sportlich. „Gleichstand!", verkündete er und hielt Dominik die Hand hin, damit er einschlagen konnte.

Die Knickerbocker-Bande war sehr, sehr satt. Die Köstlichkeiten am Büfett waren einfach zu gut gewesen. Mehrmals hatten sie sich einen Nachschlag geholt. Poppi strich sich über den Bauch und stöhnte: „Ich bin eine Kugel, so viel habe ich gegessen."

Alle lachten.

Die unfreiwillige Landung auf der noblen Ferieninsel gefiel ihnen immer besser.

Auf dem Hauptweg kam jemand angeradelt. Im Schein der Lampen bei den Fahrradständern konnten Lilo und Axel den Mann erkennen: Es war Mr Sell, der Direktor der anderen Ferieninsel. Er hatte sich in weiße Shorts und ein weißes Hemd gezwängt. Die Knöpfe waren alle sehr gespannt und hatten Mühe, die Kleidungsstücke zusammenzuhalten.

Unbeholfen sprang Mr Sell vom Sattel. Dabei stolperte er und landete samt Fahrrad auf dem nassen Boden.

„So ein Mist!", schimpfte er los. Schwitzend und schnaufend kämpfte er sich wieder in die Höhe. Das Hemd und die Hose hatten große Flecken abbekommen. Sand klebte an ihm. „Idiotisch dieser Sand hier überall. So eine verblödete Idee, alles auf Robinson Crusoe zu machen. Mist, Mist, Mist!" Er stampfte auf, wie ein zorniges kleines Kind.

Mr Sell schien nicht bemerkt zu haben, dass die vier Knickerbocker ihn beobachteten.

Wütend versetzte er dem liegenden Fahrrad einen Tritt. Danach noch einen und noch einen. Wie ein gereizter Stier sah er sich um. Er versuchte, den Sand abzuklopfen, musste aber feststellen, dass das schlammige Pfützenwasser seine Sachen völlig verschmutzt hatte.

Vom Restaurant kam Said mit zwei weiteren Kellnern angelaufen.

„Können wir Ihnen behilflich sein, Mr Sell?“, riefen sie schon von Weitem.

Mr Sell deutete um sich. „Sie könnten hier alles regensicher machen. Auch die Wege. Ich bin zweimal fast in einer Pfütze stecken geblieben."

„Wir bringen Sie mit dem Buggy zu Ihrer Villa, damit Sie sich umziehen können", bot Said an. Ein Kellner lief sofort zu einem geparkten Elektrokart.

„Mir ist der Appetit vergangen", polterte Mr Sell los. „Ich bleibe heute Abend in meinem Zimmer. Bringen Sie mir mein Essen dorthin! Bringen Sie mir irgendwas, ich habe nicht einmal Lust, etwas auszusuchen."

Sofort trug Said dem anderen Kellner auf, vom Büfett mehrere Teller mit Kostproben zusammenzustellen.

Mr Sell drehte die Schultern und schüttelte die Arme aus. „Morgen brauche ich eine Massage. Meine Muskeln sind ganz steif. Kommt bestimmt von Ihrer Klimaanlage in meiner Villa. Sie ist viel zu kalt und lässt sich nicht richtig einstellen."

Said stand mit unbewegter Miene da. Lilo hatte den Eindruck, dass er sich über Mr Sell ärgerte, dies aber nicht zeigen wollte.

Später, in ihrer Villa, musste Lilo Mr Sell ein klein wenig Recht geben: Die Klimaanlage war nicht angenehm. Erstens surrte sie und zweitens war die Luft, die sie ausspuckte, eiskalt. Axel, der für alle technischen Gerätschaften ein Händchen hatte, versuchte, die Temperatur zu regeln, hatte aber auch nur wenig Glück. Gleichzeitig war es unmöglich, die Anlage einfach abzuschalten. Die Nachtluft war drückend schwül und bei diesen Temperaturen bekäme keiner ein Auge zu.

Das blecherne Summen des Gerätes wirkte bald weniger störend als einschläfernd. Die vier Freunde waren von den Ereignissen dieses Tages noch viel erschöpfter, als sie sich eingestehen wollten. Bald schlummerten sie ein.

Poppi wachte am nächsten Morgen als Erste auf. Die Vorhänge an den Fenstern waren zugezogen, durch den gelben Stoff aber drang das frühe Morgenlicht. Es war erst kurz nach halb sieben, wie Poppi mit einem Blick auf ihre kleine Armbanduhr feststellte. Die Uhr hatte die Form eines rotgoldenen Glücksfisches und war ein Geschenk ihrer Mutter.

Neben ihr im Bett räkelte sich Lilo. Sie war noch nicht richtig munter, würde es aber bald sein. Aus dem zweiten Doppelbett an der anderen Seite des Raumes kam Schmatzen und Schnaufen – die Jungs schliefen also noch fest.

„Morgen“, brummte Lilo wohlig und wand sich dabei, als wäre sie eine Schlange.

Was war das? Poppi sah sich suchend im halbdunklen Zimmer um. Etwas war anders. Irgendetwas stimmte nicht. Aber sie konnte nicht sagen, was es genau war.

„Nur noch ein bisschen weiterschlafen …“, brabbelte Lilo und kuschelte sich in das große weiche Federkissen.

„Nein, Lilo, du musst aufwachen. Da ist was!“ Poppi rüttelte die Freundin am Oberarm. Widerwillig richtete sich Lilo auf und ordnete ihre Zöpfchen, die sich während der Nacht verwickelt hatten.

„Was soll denn sein?“

„Weiß ich nicht genau. Ich spüre es nur.“

„Liegt sicher daran, dass das Zimmer fremd ist. Wir sind doch auf dieser Insel, schon vergessen?“

„Bin ja nicht dumm!“ Poppi war fast ein wenig beleidigt.

„Nein, bist du nicht!“ Lilo rieb sich die Augen. Mehr als Poppi konnte aber auch sie nicht erkennen. Das Zimmer, das Moskitonetz über ihrem Bett, die Holzmöbel mit den leuchtenden Kissen, das weiße Bettzeug, der Steinboden – alles schien haargenau so zu sein wie am Abend zuvor.

Durch die geschlossene Tür drang das Rauschen der Wellen. Sie befanden sich nur wenige Schritte vom Strand entfernt. Poppi schlüpfte unter der Decke hervor und spähte ins Freie.

„Es hat zu regnen aufgehört“, meldete sie flüsternd.

Von Axel kam ein missmutiges: „Klappe zu, sonst werde ich ungemütlich."

Auf einem Haken neben der Tür hingen die vier langen Stoffbademäntel der Knickerbocker. Poppi schnappte sich einen und wickelte sich ein. Sie wollte nicht mehr im Zimmer bleiben. Lilo beobachtete sie mit halb geschlossenen Augen, seufzte kurz und schlüpfte dann ebenfalls in einen Bademantel.

Im Freien empfing sie die feuchte Wärme, an die sie sich noch immer nicht gewöhnt hatten. Heftig gähnend machte Lilo ein paar Gymnastikübungen.

Poppi tappte am Schwimmbecken vorbei, unter den tief herabhängenden Zweigen der Bäume hindurch und auf den Strand hinaus. Wie ein breites Band zog er sich um die Insel. Im feuchten Sand waren Fußabdrücke zu sehen. Zwei Leute waren schon unterwegs gewesen und Richtung aufgehender Sonne gegangen.

„Lilo, schau mal!" Poppi winkte ihre Freundin herbei. Sie hockte sich neben die Spuren der bloßen Füße.

„Ein Mann und eine Frau", stellte Lilo mit Kennerblick fest.

Ungewöhnlich daran war, dass die beiden Spuren nicht nebeneinander verliefen. Immer wieder stießen sie zusammen, kreuzten sich und trennten sich dann wieder.

„Ein Mann und eine Frau, die torkeln", vermutete Poppi.

Lilo grinste. „Vielleicht war es ein Liebespaar, das gestern zu viel getrunken hat, am Strand nach Hause gehen wollte und seine Villa nicht gefunden hat."

Poppi deutete in die Richtung, in die die Spuren führten. „Sollen wir ihnen nachgehen?"

Damit war Lilo einverstanden.

Sie hatten erst ein paar Schritte gemacht, als sich aus dem Blätterwerk eines Baumes ein großes dunkles Tier löste. Mit ausgebreiteten Hautschwingen segelte es knapp über die Köpfe der Mädchen hinweg. Lilo schrie erschrocken auf, Poppi konnte es sich gerade noch verkneifen.

Bei Tieren kannte sie sich aus und deshalb hatte sie das fliegende Wesen auch schnell erkannt.

„Ein Flughund", erklärte sie Lilo. „So eine Art Riesenfledermaus."

„Blutsaugend?", wollte Lilo wissen.

Darüber konnte Poppi nur lachen. „Aber nein. Flughunde saugen nur Früchte und Blüten aus. Sie wollen bloß den süßen Fruchtsaft trinken. Alles andere spucken sie wieder aus."

Wie aufs Stichwort landete vor ihnen ein abgenagter Obstkern. Als die Mädchen nach oben blickten, sahen sie einen weiteren Flughund. Er hing mit dem Kopf nach unten in den Zweigen.

„Sie fressen ständig und das Gegenteil machen sie auch!“ Poppi hatte das noch nicht ausgesprochen, als der Flughund ihr auch schon Recht gab und die arme Lilo einen dicken weiß-braunen Klecks auf den Kopf bekam.

„So eine Sch…“, begann sie.

Poppi konnte sich nicht zurückhalten und kicherte. „Na ja, hast völlig Recht. Das ist es. Aber es soll Glück bringen.“

„Ich muss ins Bad und mir das abwaschen“, knurrte Lilo. „Geh schon vor, ich komm gleich nach.“

Ganz recht war das Poppi nicht. Sie beschloss, langsam zu gehen, damit Lilo sie auch bestimmt schnell einholen würde.

Der Strand machte eine kleine Kurve und Poppi konnte nicht sehen, was sich dahinter befand. Eine Bewegung im seichten Wasser ließ sie stehen bleiben. Drei kleine sandfarbene Haie mit schwarzen Flossenspitzen glitten an ihr vorbei. Sie waren zum Greifen nah, ließen sich aber von Poppis Anwesenheit nicht stören.

Fasziniert beobachtete sie die drei. Noch nie hatte sie Haie aus dieser Nähe gesehen, nicht einmal im Aquarium des Tiergartens. Irgendetwas erschreckte die drei aber und sie schossen wie Pfeile davon, um in tieferes Gewässer zu flüchten.

Poppi hob den Kopf und hielt überrascht den

Atem an. Sie hatte gar nicht gemerkt, dass ihr eine Joggerin entgegenkam: eine junge Frau mit Stirnband und großer Sonnenbrille. Sie trug ein weites dunkles T-Shirt und enge Shorts.

Die Frau schien erstaunt zu sein, so früh am Tag ein Mädchen am Strand zu treffen.

„Mo… Morgen“, stotterte Poppi auf Englisch.

Die Frau lächelte und hob grüßend die Hand. Mit federnden Schritten setzte sie ihren Lauf fort. Sie joggte in die Richtung, aus der die beiden anderen Leute gekommen waren.

Weil ihr Herz nach dem Schreck heftig schlug, blieb Poppi noch kurz stehen, atmete tief durch und sah der Frau hinterher. Sie trug Sportschuhe und presste das gerippte Muster der Sohlen in den Sand. Bald war sie an der nächsten Biegung angekommen und aus Poppis Blickfeld verschwunden.

Leise vor sich hin summend, ging Poppi weiter. Der Himmel war mit grauen ausgefransten Wolken bedeckt. Sie machten den Eindruck, nass und schwer nach unten zu hängen. Bestimmt würde es bald wieder zu regnen beginnen.

Die Tour mit der noblen Jacht hatte sich Poppi schöner vorgestellt. Sie hatte gehofft, Delfine beobachten zu können und tauchen zu gehen. Wie es aussah, würde aus beidem nichts werden.

Als sie in die kleine Bucht einbog, aus der die Joggerin aufgetaucht war, blieb sie abrupt stehen. Rückwärtstappend näherte sie sich ein paar niedrigen Büschen, wo sie in Deckung gehen konnte.

Eine Hand legte sich auf ihre Schulter.

Poppi öffnete den Mund zu einem Schrei, brachte aber keinen Ton heraus.

HEIMLICHE LANDUNG

„Was ist denn mit dir los?", hörte sie Lilo hinter sich fragen.

Erleichtert atmete Poppi auf.

Lilo wedelte mit ihrer kleinen Digitalkamera vor Poppis Nase herum. „Habe ich mitgenommen, um diesen fliegenden Kacker zu knipsen."

Stumm deutete Poppi in die Bucht. Lilo beugte sich vor und zuckte sofort zurück.

„Das ist sie! Genau die habe ich gesehen."

Im knöcheltiefen Wasser watete eine Frau. Den Saum des langen schwarzen Kaftans hatte sie mit beiden Händen hochgezogen, damit er nicht nass wurde. Den Kopf verhüllte ein schwarzer Tüllschleier, der an eine Braut erinnerte, die zum Altar geführt wurde.

Allerdings würde eine echte Braut niemals Schwarz tragen, dachte Poppi.

Zwei Meter neben der Frau stapfte der Muskelprotz, dem Lilo am Vortag begegnet war, durch den Sand. Stolz befühlte er die starken Arme unter dem Stoff seines T-Shirts und schien sichtlich mit sich zufrieden.

„Beeil dich", sagte er zu der Frau. „Bald sind diese Jogger wieder da."

Mit den Zehen planschte die Frau im seichten Meerwasser.

„Ich komme schon", antwortete sie mit sehr schwacher und müder Stimme. Sie setzte einen Fuß vor den anderen und wankte. Der Mann fing sie auf. Damit gab es eine Erklärung für den seltsamen Verlauf der beiden Fußspuren: Die Frau war einfach unsicher auf den Beinen.

„Wie lange können wir noch hierbleiben?", wollte sie von ihrem Begleiter wissen.

„Elf Tage, dann musst du in New York sein. Du *musst!* Hast du verstanden? Alles andere kostet uns ein Vermögen. Es könnte dein Ende sein."

Nach diesen Worten taumelte die Frau gleich noch mehr. Der Mann war richtig unfreundlich und fing sie nicht einmal auf. Sie fasste nach seiner Schulter und stützte sich darauf. Da zuckte er zusammen, als wäre ihr Griff zu hart.

„Was hast du?“, wollte die Frau wissen.

„Muss mir beim Training den Muskel gezerrt haben.“ Er rieb sich mit der Handfläche über die Schulter. „Die ist irgendwie steif.“

Gemeinsam setzten sie ihren Weg fort. Dabei sprachen sie kein Wort. Die Frau hatte ihren Arm um den Nacken des Mannes geschlungen und stolperte immer wieder, als wären ihre Beine einfach zu schwach. Sie sang leise. Es war eine Melodie von Eliza Simmons, Poppis derzeitiger Lieblingssängerin.

Irgendetwas an der Art, wie die Frau vor sich hin sang, fand Poppi merkwürdig. Sie schüttelte den Kopf. Schon wieder eine seltsame Entdeckung an diesem Morgen.

Im Schutz der fleischigen grünen Blätter des Busches machte sich Poppi so klein wie möglich. Lilo duckte sich hinter ihr, knipste aber über ihre Schulter. Die Kamera war zum Glück auf lautlos gestellt.

Mit angehaltenem Atem warteten die zwei, bis das Paar weit genug entfernt war. Erst dann wagten sie sich aus dem Versteck.

Ohne sich ein einziges Mal umzudrehen, gingen der Mann und die Frau am Strand entlang. Über die erste Fußspur setzten sie eine zweite. Es waren, wie Lilo mit einem Blick feststellte, dieselben Füße.

Damit war geklärt, wer am Strand entlanggegangen war.

„Wer sind die?“, murmelte Lilo nachdenklich vor sich hin.

„Bestimmt weiß es Ronda“, sagte Poppi.

Lilo nickte. „Ich habe ziemlichen Hunger“, stellte sie fest. „Sollen wir schon zum Restaurant gehen und nachsehen, ob es Frühstück gibt?“

„So?“ Poppi deutete auf ihre Bademäntel. Da hatte sie natürlich Recht. Die Mädchen müssten sich zuerst duschen und anziehen.

„Dann plündern wir den kleinen Kühlschrank in unserer Villa. In dem sind jede Menge leckere Sachen.“ Lilo drehte sich um und stapfte durch den Sand zurück zu ihrer Villa.

Im selben Moment segelte ein weißer Reiher an ihnen vorbei und landete elegant ein Stück entfernt auf dem Strand. Poppi war von ihm fasziniert. Sie liebte weiße Tiere. Einen so großen weißen Vogel hatte sie noch nie zuvor gesehen.

Der Reiher stolzierte mit seinen langen, dünnen Beinen über den Sand und hinterließ dabei die Abdrücke von acht Zehen.

„Borgst du mir deine Kamera? Ich will den Reiher fotografieren!“ Poppi streckte Lilo die Hand entgegen, die den Apparat hineinlegte. „Ich … ich komm nach!“, sagte Poppi. Danach schlich sie möglichst leise in Richtung Reiher.

Der große Vogel tat, als würde er sie nicht bemerken. Er ließ Poppi sogar recht nah an sich herankommen. Kraftvoll stieß er sich dann aber vom Sand ab und erhob sich mit starken Flügelschlägen in die Luft. Er segelte auf das Meer hinaus und in einem weiten Bogen wieder zurück, um ein gutes Stück von Poppi entfernt zu landen.

Erneut bewegte sie sich auf ihn zu, woraufhin sich das Spiel wiederholte.

Natürlich wollte Poppi den Reiher nicht ärgern. Sie hätte nur einfach gerne ein Foto aus allernächster Nähe gehabt. Der Vogel machte den Eindruck, als würde er das auch zulassen.

Um vielleicht etwas unauffälliger zu sein, machte Poppi zwei Schritte zu dem leuchtend grünen Dickicht, das dort begann, wo der Sandstrand in den Dschungel überging. Dabei streifte sie ein paar Äste und Blätter.

Der Reiher kehrte ihr seine Rückseite zu. Sehen konnte er sie also nicht. Oder doch?

Wie in Zeitlupe hob Poppi die Kamera in die Höhe. Sie drückte auf das Zoom und holte den Reiher so nah wie möglich heran. Das Foto versprach gut zu werden, wenn er sich ein wenig drehen würde.

Weil der Reiher aber keine Anstalten machte, sich zu bewegen, schlich Poppi weiter, ohne dabei auf den Boden zu achten.

Der Schmerz kam wie ein Blitz von unten. Er

zuckte durch ihre Fußsohle und schoss in ihr Bein. Es tat so weh, dass sie den Fotoapparat fallen ließ. Sie verlor das Gleichgewicht und kippte nach hinten in das Blattwerk.

Dort wurde sie aber nicht von den Büschen aufgefangen, sondern schlug mit dem Rücken auf etwas Hartes.

Vor sich sah sie den Reiher zu einer neuen Runde starten. Diesmal flog er noch höher und schien entschlossen, zwischen sich und Poppi einen viel größeren Abstand zu schaffen.

Prüfend tastete Poppi um sich. Sie wollte wissen, wo sie reingefallen war. Der Schmerz im Fuß klang glücklicherweise schnell ab und war dann nur noch ein dumpfes Pochen.

Worauf war sie getreten?

Keuchend richtete sie sich auf.

Das Morgenlicht war gleißend hell, aber die Pflanzen des Dschungels schluckten einen großen Teil davon. Im Schatten von hohen Palmen und Büschen lag ein Boot. Es war aus Holz, breit und lang und mit einem Außenbordmotor ausgestattet, der sehr stark wirkte. Außerdem stank er nach Benzin.

Mit dem bloßen Fuß war Poppi auf einen Teil der Schiffsschraube getreten.

Der Motor fühlte sich warm an. Nicht von der Sonne gewärmt, sondern von einer Fahrt.

Als Poppi sich aus dem Boot und durch die Blätter gekämpft hatte, bemerkte sie die Schleifspur, die vom Meer bis zu der Stelle heraufführte, wo sie stand. Man musste kein Meisterdetektiv sein, um kombinieren zu können, was das bedeutete: Jemand war mit dem Boot zur Insel gekommen, hatte es heraufgezogen und im Buschwerk versteckt. Dann war er …

Was war er dann?

Gute Frage.

Wieso legte jemand hier an? Und zwar heimlich. Es gab zwei lange Landungsstege, wo jeder offiziell die Insel betreten konnte. Wer auch immer mit dem Boot gefahren war, schien nicht entdeckt werden zu wollen.

Das musste sie den anderen erzählen. Lilo, Axel und Dominik würden staunen, was Poppi entdeckt hatte. Sie wollte sofort zurück zu ihnen.

Aber Poppi konnte sich auf einmal nicht mehr bewegen.

Sie starrte auf etwas, das dicht neben dem Boot lag. Der Schock machte es ihr unmöglich, auch nur einen Schritt zu tun, obwohl sie nichts lieber wollte, als schreiend fortzurennen.

Sie war nicht so ängstlich, wie die anderen manchmal behaupteten. Doch dieser Anblick war einfach zu schlimm.

STARR

Völlig erschöpft hockte Poppi auf dem Liegestuhl neben dem Swimmingpool. Lilo hatte sie in vier große Badetücher gewickelt, aber noch immer zitterte Poppi.

Axel und Dominik kamen vom Strand zurück. Sie waren zu der Stelle gelaufen, an der das Boot versteckt lag. Beide Jungs waren blass im Gesicht.

„Es stimmt. Sie hat Recht!", stieß Axel hervor.

Wütend funkelte Poppi ihn an. „Was hast du denn gedacht? Dass ich alles erfunden habe? Oder dass ich spinne?"

„Ganz ruhig!", sagte Lilo beschwichtigend und hielt Poppi sanft an den Schultern.

Nun begannen auch noch Poppis Zähne aufeinanderzuschlagen.

Dominik machte eine Geste, dass es jetzt wichtig war, Ruhe zu bewahren. „Wir verständigen sofort Ronda. Sie ist die Direktorin der Insel und muss etwas unternehmen."

Zähneklappernd wandte sich Poppi an Axel. „Ist er … ist er tot?"

Axel schluckte. „Ich habe mich nicht getraut … ganz nah an ihn heranzugehen."

„Bleibt bei Poppi, ich sehe nach!" Lilo winkte ihre Freunde zum Liegestuhl und lief dann selbst zu dem Mann.

„Ich weiß aber, woher das Boot gekommen ist", sagte Axel.

„Wieso?" Dominik war anzuhören, dass er Axel nicht glaubte.

„Es wurde hinten ins Holz geschnitzt."

„Was?"

„*Dysderidae 2*."

„Sechsaugenspinne?" Poppis eigene Augen wurden groß vor Entsetzen. „Sechsaugenspinne zwei? Das Boot kommt also von dem Holzschiff. Von diesem … Spinnenmagier?"

Langsam nickend sagte Axel: „Es scheint so." Er deutete auf das Meer hinaus. „Obwohl sein Schiff nirgends zu sehen ist."

Von dem Platz am Pool aus hatten die drei Knickerbocker freie Sicht auf das Meer. Die nächste Insel war weit entfernt und nicht zu sehen. Aber dort draußen fuhr auch kein Boot und schon gar nicht das Holzschiff des unheimlichen Spinnenmagiers. Versteckt liegen konnte es auch nirgendwo.

Oder doch?

„Ich … ich sollte Papa wecken“, dachte Axel laut nach.

„Ich alarmiere jetzt auf jeden Fall die Direktorin der Insel!“ Dominik rückte seine Brille zurecht und marschierte in das Haus. Das Telefon stand gleich neben dem Sofa im Wohnraum. Es gab beschriftete Tasten. Über einer stand *Ronda*. Er drückte sie und wartete darauf, dass sich die Direktorin meldete.

Lilo kehrte zurück. Sie war nicht weniger entsetzt und geschockt als ihre Freunde.

„Es ist der Mann, den ich an Bord gesehen habe. Der Kerl mit dem zweifarbigen Gesicht“, keuchte sie. „Er muss ziemlich alt sein. Viel älter als mein Großvater. Er könnte sogar mein Urgroßvater sein.“

„Aber … aber lebt er?“, wollte Poppi wissen.

„Ja!“

Diese Meldung war für alle eine sehr große Erleichterung.

„Er atmet. Aber … aber seine Augen sind offen, obwohl es so aussieht, als wäre er bewusstlos. Er starrt ins Leere. Und … und … seine Arme und Beine … sie sind steif und hart wie aus Holz.“

„Er braucht dringend einen Arzt!“, sagte Axel aufgeregt.

„Bestimmt gibt es einen auf der Insel. Sonst muss einer kommen. Per Schnellboot oder mit dem Helikopter.“ Lilo warf einen Blick durch die große Scheibe zu Dominik, der energisch auf die Tasten des Telefonapparats drückte. Schließlich gab er auf und kam wieder in den Garten.

„Das Telefon ist tot. Kein Tuten. Nichts.“

Schlagartig wurde Poppi klar, was sie am Morgen beim Aufwachen gestört hatte.

„Die Klimaanlage surrt nicht mehr und es war ziemlich heiß in unserem Zimmer.“

Axel stürmte ins Haus. Nicht einmal eine Minute später war er zurück.

„Kein Strom und kein Licht. Deshalb ist auch das Telefon gestört. Totaler Stromausfall.“

„Hoffentlich nur in unserer Villa!“, sagte Lilo.

„Ich fahre zum Hauptplatz. Dort finde ich bestimmt jemanden, der uns helfen kann!“ Axel wartete die Antwort seiner Freunde nicht ab, sondern rannte los zu den Fahrrädern.

Um schneller zu sein, trat Axel stehend in die Pedale. Er bretterte den schmalen Zufahrtsweg der Villa entlang. Auf dem Hauptweg kam ihm der Elektrobuggy entgegen. Er war mit viel zu großer Geschwindigkeit unterwegs.

Um einen Zusammenstoß zu vermeiden, verriss Axel das Rad und raste ins Unterholz.

Aus dem Buggy sprang Ravi.

„Hast du dir wehgetan?“, wollte er sofort besorgt wissen.

„Bin hart im Nehmen!“, knurrte Axel, während er das Rad von Blättern befreite und zurück auf den Weg schob.

„Gut. Falls dir doch etwas wehtut, lass es mich wissen. Ich schicke den Doktor zu euch.“

Ravi sprang wieder auf den Sitz des Buggys und griff nach dem Startschlüssel.

„Warten Sie!“ Axel berichtete in Stichworten von dem Stromausfall und dem bewusstlosen Mann neben dem Boot.

Ravis Gesicht verwandelte sich in eine zornige Grimasse. „Er steckt dahinter. Keiner will es mir glauben. Ronda befiehlt mir, zu schweigen. Aber jetzt muss sie es endlich einsehen. Der Mann, den ihr gefunden habt, ist der Beweis.“

„Gibt es einen Arzt hier? Er muss zu dem Mann und ihm helfen. Es scheint etwas Ernstes zu sein!“, sagte Axel.

„Das hätte sich der Spinnenmagier früher überlegen müssen. Diesmal scheint jemand aus seinen eigenen Reihen zum Opfer geworden zu sein.“

Ravi drückte das Gaspedal durch und der Buggy

machte einen Sprung nach vorn. Der Elektromotor ruckelte einige Male, woraufhin Ravi immer fester auf das Pedal trat. Endlich konnte er seine Fahrt fortsetzen.

Axel beschloss, trotzdem zum Hauptplatz zu fahren. Der Mann mit dem rot-grünen Gesicht konnte doch nicht einfach so liegen bleiben. Während Axel auf dem Fahrrad dahinraste, verstand er auf einmal, wie der Mann zu seiner seltsamen Gesichtsfarbe gekommen sein musste: Das Rot und das Grün waren tätowiert.

Wieso sich jemand das ganze Gesicht auf diese Weise färben ließ, konnte sich Axel nicht erklären. Vor allem, wenn er schon so alt war.

Der Hauptplatz und das Restaurant waren wie ausgestorben. Lag das an der frühen Uhrzeit?

An die Bar schloss ein langer, flacher weißer Bau an. *OFFICE* stand auf einem Holzschild neben der mittleren Tür. Axel ließ sein Rad einfach fallen und lief auf das Büro zu.

Die Tür war zur Hälfte aus Glas. Axel konnte drinnen Ronda und einige Mitarbeiter sehen. Es herrschte große Aufregung. Das war sofort zu erkennen. Ronda beratschlagte sich mit einigen Kollegen. Alle standen oder liefen aufgeregt durcheinander. Ein grauhaariger Mann tippte immer wieder auf einem Telefonapparat herum, legte auf, riss den Hörer in die Höhe,

tippte erneut auf die Tasten, um dann gleich wieder aufzulegen.

Durch die Scheibe konnte Axel die Stimmen vernehmen. Es wurde englisch gesprochen und Axel hörte einen Teil des Gesprächs. Dabei fiel ein Name: „Gottfried“.

Ronda bemerkte Axel an der Tür und kam sofort heraus. Sie setzte ein professionelles, strahlendes Lächeln auf.

„Ach, guten Morgen. Frühaufsteher, was?“

Axel wiederholte seinen Bericht vom Stromausfall und dem Mann neben dem Boot.

Die Gesichtsfarbe der Direktorin wechselte von blass auf aschfahl.

„Der Strom ist auf der ganzen Insel ausgefallen. Wir erzeugen ihn selbst. Mit einem Generator. Aber dort ist eine Störung. Auch im Notstromaggregat, das in einem solchen Fall anspringt.“ Sie zwang sich wieder zu ihrem unechten Lächeln. Hektisch strich sie sich ein paar Haarsträhnen aus dem Gesicht. „Unsere Mechaniker sind aber schon dabei, die Panne zu reparieren. Also kein Grund zur Beunruhigung. Ein leckeres Frühstück können wir auch ohne Strom zubereiten.“

„Was ist mit Gottfried, dem Maler?“, erkundigte sich Axel.

Rondas Augen wurden weit.

„Woher … wieso … weißt du …?“

Das war ein Volltreffer. Mit Gottfried schien wirklich etwas nicht zu stimmen. Obwohl Axel den Mann erst einmal gesehen hatte, machte er sich sofort große Sorgen um ihn.

„Ist er krank?“

Aus dem Büro kam ein junger Mitarbeiter. Er flüsterte Ronda etwas ins Ohr. Sie sank in sich zusammen und seufzte tief.

„Später“, vertröstete sie Axel und schloss die Bürotür. Sie vergewisserte sich mit einem Blick durch das Fenster, dass er ging.

Axel trat ein paar Schritte zur Seite, bis sie ihn nicht mehr sehen konnte, und blieb dann an der Hausmauer neben der Tür stehen. Von dort aus versuchte er, noch ein paar Brocken aufzuschnappen, die im Büro gesprochen wurden.

„Telefon gestört“, verstand er. „Keine Verbindung. Keine.“

„Per Boot … nächsten Insel!“, kam von Ronda als Vorschlag.

Ihre Mitarbeiter redeten mit gesenkten Stimmen, hörten sich aber sehr aufgeregt an. Es wurde etwas von „kein Sprit“ erwähnt.

Was ging hier vor sich?

Die Insel schien von der Außenwelt abgeschnitten. Nicht einmal mit einem der Boote konnte Hilfe von einer Nachbarinsel geholt werden.

War das so?

Hatte Axel alles richtig kombiniert?

Und was war mit Gottfried?

Guni und ihr Mann bewohnten die Villa Nummer neun. Axel lief zum nächsten Wegweiser und las nach, in welcher Richtung sie lag. Sie musste in unmittelbarer Nähe zum Hauptplatz stehen. Trotzdem holte er sein Rad und schob es durch den losen Sand des Platzes bis zum nächsten Weg, wo der Boden fester gepresst war.

Nach zwei Kurven hatte er das Haus von Guni und Gottfried erreicht. Schon beim Absteigen konnte er Gunis aufgebrachte Rufe hören, die immer wieder von Schluchzern unterbrochen wurden.

Es musste etwas Entsetzliches geschehen sein.

Axel ging geduckt, obwohl das natürlich weder notwendig noch klug war. Wer sollte ihn schon sehen, der ihn nicht bemerken durfte?

Die Villa neun war ein ebenerdiger Bau mit großem Strohdach und einer halbkreisförmigen Terrasse. Ein Mädchen im beigefarbenen Leinengewand der Inselmitarbeiter saß mit Guni auf dem gemütlichen Sitzbett, das gleich an das Haus angebaut war und wo sich Kissen türmten.

„Wir brauchen einen Helikopter. Er muss ins Krankenhaus. Tun Sie doch etwas!“, flehte Guni. Ihre Augen waren vom Weinen gerötet.

Das Mädchen hielt Gunis Hände fest und versicherte ihr, dass alles getan wurde, um schnell Hilfe zu holen.

Axel fehlte der Mut, sich bemerkbar zu machen. Er überlegte hin und her, ob er sich einfach wieder davonstehlen oder doch einen Blick ins Haus werfen sollte.

Seine Neugier war größer. Er schlich zum nächsten Fenster und spähte hinein.

Neben dem Himmelbett aus dicken Palmstämmen stand ein weinrotes Sofa. Dort saß der Maler.

Er starrte mit offenen Augen vor sich hin. Sein Mund war geöffnet wie zu einem entsetzten Ausruf. Er war leicht nach hinten gesunken und lehnte am Rückenteil. In der rechten Hand hielt er einen Filzstift. Die Spitze berührte den Stoff des Sofas und die Farbe hatte sich bereits als dunkler Fleck rundherum ausgebreitet.

Es war ein gespenstischer Anblick. Axel musste an Filme denken, in denen Leute von Außerirdischen überfallen und eingefroren wurden.

Gottfrieds Brustkorb hob und senkte sich. Das war das einzige Gute, was Axel erkennen konnte. Der Maler lebte also noch.

Aber was war mit ihm geschehen?

War ihm das Gleiche wie dem Mann neben dem Boot widerfahren?

BEDROHLICHE STILLE

Der Weg zurück zu seinen Freunden führte Axel wieder am Büro von Ronda vorbei. Ravi stürzte gerade hinein. Die Tür ließ er offen. Axel hatte er nicht bemerkt, so aufgebracht war er.

Ravi schrie.

Es ging um Mr Sell. So viel verstand Axel. Mr Sell hatte „es" auch.

„Es" war wohl diese Starre, dieser Krampf.

„Und dahinter steckt der Spinnenmagier. Er ist auf der Insel. Oder einer seiner Männer. Er muss etwas hierher gebracht haben. Wahrscheinlich Spinnen. Ihr Biss lähmt. Sie sind schuld."

„Wir sollten Miss Alpha in Sicherheit bringen", kommandierte Ronda. „Wenn sie auch …wenn sie auf einmal … diese Starre … wenn das geschieht …

dann ist alles ruiniert. Die Insel. Das Hotel. Wir alle."

Ein kurzes Schweigen trat ein.

„Ich fahre zu ihrem Haus. Soll ich sagen, was hier los ist?" Es war Ravis etwas kreischende Stimme, die das fragte.

„Nein, unter keinen Umständen. Bring sie in das Baumhaus. Das Yogabaumhaus. Das kann völlig abgeschlossen werden. Sichert die Klimaanlage, damit keine Spinne durch die Lüftung gelangt – falls es wirklich Spinnen sind, die das auslösen."

Wer war Miss Alpha? Es klang nicht wie ein richtiger Name.

Aus dem Büro stürmte Ravi, gefolgt von einem Kollegen. Wie Sprinter bei den Olympischen Spielen rannten sie zum Buggy. Im Laufen sagte der andere: „Wenigstens sehe ich sie so …" Den Rest konnte Axel nicht mehr verstehen.

Er schob sein Rad vorwärts.

Auf der Höhe der Bürotür drehte er den Kopf zu dem länglichen Bau.

„Sim … was ist mit Sim?" Mit Rondas Beherrschung war es jetzt auch vorbei. Sie schrie in hohen, spitzen Tönen. „Sim!"

Axel sah, wie sie den Grauhaarigen, der vorher das Telefon bearbeitet hatte, an den Schultern schüttelte. Er lag in einer merkwürdig verkrampften Haltung kopfüber auf der Tischplatte, den Telefonhörer noch immer in der Hand.

Das reichte.

Axel spürte, wie Panik in ihm hochstieg. Er kannte das Gefühl. Seine Arme und Beine taten dann nicht immer, was er von ihnen wollte. Sie verhielten sich, als wären sie von ihm abgetrennt. Um etwas ruhiger zu werden, zwang er sich tief durchzuatmen. Wichtig war vor allem, länger aus- als einzuatmen.

Endlich hatte er es geschafft, das Rad durch den weichen Boden des Platzes zu bugsieren, um auf dem Hauptweg zurück zu seinen Freunden zu fahren.

Als er in die Villa platzte, spürte er sofort, dass noch etwas geschehen war.

Poppi hatte das Gesicht in den Händen verborgen. Lilo lief unruhig hin und her. Dominik stand auf der zweiten Stufe der hölzernen Wendeltreppe, die nach oben in das Schlafzimmer von Herrn Klingmeier führte.

„Was ist?“, wollte Axel sofort wissen. Sein Herz hämmerte so heftig, dass er das Schlagen nicht nur an den Rippen, sondern auch im Hals und in den Ohren spüren konnte.

Lilo trat neben ihn. „Der Doktor kommt schon … Dominik ist losgelaufen und hat jemanden von den Leuten hier getroffen und der hat versprochen, dass der Arzt gleich hier ist …“

„Wofür?“

Eine Ahnung überkam Axel. Er schob Dominik zur Seite und stürmte, immer drei Stufen auf einmal nehmend, in den ersten Stock.

Sein Vater lag auf dem Boden. Die Knie und der Oberkörper waren angewinkelt, als wäre er im Sitzen aus einem Stuhl gefallen.

So musste es auch gewesen sein.

Neben ihm auf dem Boden lag ein Holzstuhl.

Herr Klingmeier trug seinen Bademantel.

„Papa!“ Axel kniete sich hin und griff nach dem Oberarm seines Vaters. Die Muskeln waren hart wie Stein. Völlig verkrampft. Obwohl er die Augen geöffnet hatte, bekam Herr Klingmeier nicht mit, was rund um ihn geschah. Er reagierte auch nicht, als Axel mit der Hand vor seinem Gesicht herumfuchtelte. Kein Wimpernzucken. Nichts.

Axel war hin- und hergerissen. Er wollte seinen Vater nicht so liegen lassen. Gleichzeitig fielen ihm die Spinnen ein, von denen Ravi gesprochen hatte. Wenn es wirklich Spinnenbisse waren, die die Starre auslösten, dann mussten Lilo, Poppi, Dominik und er schleunigst raus aus der Villa. Die giftigen Spinnen konnten zwischen den Bodenbrettern lauern, in Wandritzen, unter dem Bett – einfach überall.

„Lilo, Lilo!“, rief er. Er beugte sich über das Geländer der Wendeltreppe und zuckte zurück. Seine

Freundin stand bereits auf der vorletzten Stufe und hatte ihn von dort aus beobachtet.

„Der Arzt ist gleich da, Axel …“, beteuerte sie noch einmal.

Axels Lippen bebten. Er musste ständig zu seinem Vater sehen.

„Ich … es sind wahrscheinlich Spinnen … von diesem Spinnenmagier … sie könnten hier im Haus sein … und sie sind gefährlich … für uns … was sollen wir …?“

Lilo war für einen Moment genauso ratlos wie er. Dann aber erinnerte sie sich an die Durchsage im Flugzeug. Wenn der Druck in der Kabine fiel und Sauerstoffmasken benötigt wurden, sollten die Eltern sich eine Maske umbinden und erst anschließend ihren Kindern helfen. Ihr war das immer egoistisch und grausam vorgekommen, aber ein Pilot hatte ihr den Grund erklärt: Verloren die Eltern das Bewusstsein, dann konnten sie auch ihren kleinen Kindern nicht mehr beistehen. Wer anderen helfen wollte, musste zuerst einmal dafür sorgen, dass er es überhaupt konnte.

Das traf auch hier zu.

Wenn es wirklich so war, wie Axel sagte, dann mussten sie sich jetzt darum kümmern, selbst unverletzt zu bleiben.

Das Mückennetz über ihren Betten fiel Lilo ein.

„Wir wickeln uns in die Netze. Die schützen am besten vor Spinnen. Falls eine kommt, sehen wir sie auf dem weißen Stoff."

Sie riss das Moskitonetz, das in der Nacht Herrn Klingmeier vor lästigen Plagegeistern geschützt hatte, herunter und reichte es Axel. Aus ihrem Zimmer holte sie die beiden anderen Netze. Eins war für Dominik, das andere teilte sie sich mit Poppi.

Eine Weile standen sie im Wohnzimmer herum und starrten auf den Boden. Ängstlich hielten sie nach Spinnen Ausschau. Wie sahen die Krabbeltiere denn aus, die so giftig waren?

Warum kam der Arzt noch immer nicht? Wieso brauchte er so lange?

„Das Yogabaumhaus", sagte Axel auf einmal. „Dort bringen sie eine Miss Alpha hin. Weil sie da vor den Spinnen sicher ist."

„Dann sollten wir auch dorthin, und zwar so schnell es geht", entschied Lilo. „Und deinen Vater nehmen wir mit. Der Arzt kann ihn auch in diesem Baumhaus untersuchen."

Es war eine akrobatische Übung, in den Netzen die Treppe hinaufzugehen und Herrn Klingmeier hochzuheben. Sie schafften es, brachten ihn aber nur bis zur ersten Stufe. Durch seine Körperhaltung war es nicht möglich, ihn die enge, gedrehte Treppe hinunterzutragen.

„Wir … wir lassen ihn besser liegen. Und ich fahre los, um endlich den Arzt zu holen!“, stammelte Axel.

„Ich komme mit“, sagte Lilo.

Poppi und Dominik wollten unter keinen Umständen allein zurückbleiben. Daher würde also die ganze Bande nach dem Arzt suchen.

Vor dem Haus empfing sie eine eigenartige Stille. Das Zwitschern der Vögel war zu hören. Auch Musik aus einem Lautsprecher irgendwo hinter den Bäumen. Aber keine menschliche Stimme. Auf dem Weg war auch niemand unterwegs. Weder zu Fuß noch mit dem Fahrrad.

Mit nur einem Netz konnten Lilo und Poppi nicht Rad fahren. Deshalb zerriss Lilo den dünnen Stoff in zwei Teile. Sie achtete genau darauf, dass Poppi gut bedeckt war.

Hintereinander radelten sie los. Alle vier schwankten, weil sie nur langsam vorankamen.

Auch unterwegs trafen sie auf niemanden. Die Insel wirkte wie ausgestorben. Keiner der vier Freunde sagte ein Wort, aber jeder hatte ungefähr den gleichen Gedanken: Was sollten sie tun, wenn noch mehr Leute von diesen Spinnen gebissen und vergiftet wurden?

Schweigend folgten sie den Pfeilen, die sie zum Yogabaumhaus führten.

Auf der Insel waren zum Glück alle Plätze und

Gebäude gut ausgeschildert. Das Baumhaus befand sich am äußersten Ende der länglichen Insel. Eine sehr lange, geschwungene Treppe führte zu dem flachen Gebäude, das auf hohen Stelzen zwischen Bäumen errichtet war. Umgeben war es von einer Art Balkon. Auf allen Seiten hatte es große Glasflächen. Eingerichtet war es nur mit ein paar Stühlen. Auf dem Boden lagen nebeneinander mehrere dunkelblaue Yogamatten.

Die Schiebetür an der Stirnseite ließ sich öffnen. Im Baumhaus war es noch heißer und drückender als im Freien. Durch den Stromausfall arbeitete die Klimaanlage nicht mehr.

Was die Knickerbocker schon mit einem Blick durch die Fenster festgestellt hatten, bestätigte sich: Es war niemand hier.

Noch immer in die Netze gehüllt, stellten sich die vier an das Geländer des Balkons. Von dort aus sahen sie über die Baumkronen bis zum anderen Ende der Insel.

Axel formte die Hände zu einem Trichter und brüllte aus Leibeskräften: „Hallo! Haaalloo!“

Nur zwei Vögel stiegen erschrocken kreischend in die Luft.

Lilo untersuchte das Baumhaus, das die Größe einer Schulklasse hatte. Es gab ein kleines Waschbecken in einer Ecke, außerdem einen Minikühlschrank, der aber nicht lief. Probeweise drehte Lilo den Wasserhahn auf. Aus der Leitung kam nichts. Die Pumpen waren also auch gestört.

„Für kurze Zeit können wir uns hier oben verschanzen“, sagte sie zu den anderen.

„Wir müssen auf eine der Nachbarinseln fahren und Hilfe holen!“ Axel ruderte wild mit den Armen, als könnte er auf diese Weise ein Wunder herbeibeschwören.

„Aber diese Spinnen lauern überall. Wir können von Glück reden, dass wir gesund hier angekommen sind“, gab Lilo zu bedenken.

Wieder ließ Axel sein „Hallo“ laut über die Bäume schallen. Und auch diesmal bekam er keine Antwort.

Lilo scheuchte ihre Freunde in das Baumhaus und schloss hinter ihnen die Schiebetür. Sorgfältig kontrollierte sie, ob es auch wirklich keinen Schlitz gab, durch den eine Spinne hätte kriechen können.

In dem Raum wagten die vier zum ersten Mal, die Moskitonetze abzulegen. Der Schweiß rann ihnen am Körper herab. Schuld daran war nicht nur die brütende, feuchte Hitze, sondern auch die Angst, die Ungewissheit und die nagende Sorge, wie es weitergehen würde.

„Sie … sie werden bestimmt diese Miss Alpha bringen und dann können wir mit den Leuten von der Insel reden." Lilo sprach laut, als müsste sie sich selbst beruhigen.

„Wer ist dieser Spinnenmagier? Wieso macht er das? Warum bringt er Giftspinnen auf die Insel?" Poppi schüttelte verständnislos den Kopf.

Dominik fand das auch nicht logisch. „Gestern noch hat er uns aus der Seenot gerettet."

Die Minuten verstrichen. Bald war eine viertel Stunde um. Dann eine halbe. Schließlich eine ganze.

Es war niemand aufgetaucht. Keiner aus dem Team und auch nicht die rätselhafte Miss Alpha.

„Still!" Poppi hob die Hand, um die anderen auf etwas aufmerksam zu machen.

Draußen waren Schritte zu hören. Jemand kam die Treppe herauf.

EIN NEUER VERDACHT

Die Knickerbocker hatten sich in der Mitte des Raumes auf Yogamatten gesetzt. Nun stand Lilo auf und ging Richtung Eingangstür. Durch die Scheibe konnte sie nach draußen auf die Plattform sehen.

„Es ist Elroy!", rief sie den anderen zu.

Der Matrose schien nicht sehr sicher auf den Beinen. Er umklammerte das Treppengeländer und zog sich herauf. Als er Lilo erkannte, hob er die Hand und winkte müde.

Lilo schob die Tür nur einen schmalen Spalt auf. „Komm herein, schnell." Elroy wankte auf Lilo zu und wurde von ihr in das Baumhaus gezogen. Nachdem sie sich vergewissert hatte, dass keine Spinne hereingekrochen war und er auch keine an seiner Kleidung trug, schloss sie die Tür wieder.

Elroy atmete schwer und ließ sich zu Boden sinken. Danach fuhr er sich mit beiden Händen durch die rotblonden kleinen Locken.

„Das wart also wirklich ihr … Ich hab euch rufen gehört. Und … und … überall sitzen und liegen Leute … starr …“

„Was ist los? Was ist auf der Insel passiert?“, bestürmte Axel ihn.

Der Matrose ließ den Kopf hängen und schüttelte ihn langsam. „Meine Arme und Beine … sie sind so schwer … und auf der Insel … alle bewusstlos … alle … nur ihr nicht … und ich … und noch ein junger Kollege, der das Laub wegkehrt.“ Elroys Zunge schien immer schwerer zu werden. Die letzten Worte waren kaum verständlich.

„Es sind Spinnen“, sagte Axel. Aber Elroy hörte es nicht mehr. Er sank zur Seite und seine Arme und Beine nahmen die steife Haltung ein, die Axel bereits bei Gottfried, seinem Vater und dem Mann neben dem Boot gesehen hatte.

„Elroy?“ Lilo rüttelte ihn an der Schulter.

Der Matrose bewegte die Lippen, aber es war nichts zu hören. Dominik hielt das Ohr ganz dicht an Elroys Mund.

„Was willst du uns sagen?“, fragte er.

Es war nur ein sehr leises Wispern. Dominik strengte sich an, um es wenigstens deuten zu können.

Schließlich richtete er sich wieder auf. Die anderen sahen ihn fragend an.

„Ich glaube, er hat ‚Ruhe-Sache' gesagt."

Axel runzelte die Stirn. „Und was heißt das? Was sind ‚Ruhe-Sachen'?"

Dominik zuckte die Schultern. „Ich habe alles getan, um ihn zu verstehen. Mehr war nicht möglich."

Lilo sprang auf und lief im Kreis herum.

„Wir sollten etwas unternehmen. Es muss doch auf

der Insel noch jemanden außer uns geben, der sich bewegt. Es können doch nicht alle anderen von diesen Spinnen angefallen worden sein."

Poppi stellt eine höchst interessante Frage: „Wieso sind ausgerechnet *wir* verschont geblieben? Das kann nicht nur an den Netzen liegen."

Axel gab ihr Recht. Es gab noch etwas, was ihn sehr beschäftigte. „Hat einer von euch hier auf Tenoja eine Spinne gesehen? Ich nämlich nicht."

„Ich auch nicht!", sagte Lilo.

„Ich zum Glück nicht!", sagte Dominik.

„Ich ebenfalls nicht!", schloss sich Poppi an.

„Meint ihr, es wurden wirklich alle Leute von Spinnen gebissen? Dann müssten die Viecher ja unsichtbar gewesen sein." Fragend sah Axel in die Runde. Niemand hatte eine Erklärung dafür.

„Und wenn es gar keine Spinnen sind?", fiel Poppi ein. Sie war das einzige Mädchen ihrer Klasse, das diese achtbeinigen Krabbeltiere mochte. Die armen Spinnen waren viel besser als ihr Ruf. In ihrem eigenen Zimmer ließ Poppi jede von ihnen ihr Netz bauen, weil sich im Sommer die Stechmücken darin verfingen, die ihr sonst in der Nacht das Leben schwer gemacht hätten.

„He, Poppi, das ist eine starke Idee!" Axel konnte auch nicht mehr sitzen und lief deshalb herum. Allerdings nicht im Kreis wie Lilo, sondern in einer Sternform. „Eigentlich hat nur Ravi von Spinnen und dem seltsamen Magier gesprochen."

„Wenn es wirklich so ist, dass alle Leute hier in diese Starre fallen", überlegte Lilo laut, „dies aber nichts mit Spinnen zu tun hat, dann muss etwas anderes der Auslöser gewesen sein."

„Gift!", lautete Axels Verdacht.

„Aber wie vergiftet man *alle* Inselbewohner auf einmal?" Lilo schüttelte den Kopf.

„Und wieso wirkt es nicht bei uns?", fragte Poppi erneut.

„Wie hoch ist die Wahrscheinlichkeit, dass wirklich Spinnen die Auslöser sind?" Dominik deutete auf Lilo, Poppi und Axel. „Eure Einschätzung?"

Poppi antwortete als Erste. „Ganz gering. Damit so viele Leute gleichzeitig gebissen werden, müsste es hier von Spinnen nur so wimmeln."

Lilo nickte zustimmend. Axel schließlich auch.

„Dann müssen wir die richtige Ursache finden!", lautete Dominiks Meinung.

„Und Hilfe holen. Einen Arzt – oder besser gleich mehrere!", ergänzte Lilo.

Axel wischte sich mit der Hand über die Augen. Verschämt drehte er den Kopf weg. Lilo entging es nicht und sie beugte sich zu ihm, um sehen zu können, was mit ihm los war.

Ihr Freund weinte. Heftig zog er durch die Nase

hoch und versuchte, die Tränen vor den anderen zu verbergen.

Lilo konnte ihn gut verstehen. „Du hast Angst um deinen Vater, nicht wahr?“

Axel nickte stumm. Seine Eltern hatten sich schon vor mehreren Jahren scheiden lassen. Er lebte bei seiner Mutter und sah seinen Vater, der geschäftlich viel herumreiste, nur selten. Herr Klingmeier und sein Sohn verstanden sich sehr gut und auf die Tour mit der Jacht hatten sie sich fast ein ganzes Jahr lang gefreut.

„Es wird alles gut … ganz sicher“, versuchte Lilo ihren Freund zu beruhigen. „Schau uns an, wir sind unbeschadet geblieben. Und für die anderen gibt es bestimmt ein Heilmittel. Glaub mir!“

Wieder schniefte Axel lautstark. Er schluckte und entfernte dann die letzten Spuren der Tränen.

„Wir … wir müssen sofort los!“, sagte er mit heiserer Stimme. Schon war er aufgesprungen und im nächsten Moment an der Tür.

„Warte!“, rief ihn Lilo zurück. „Wir brauchen einen Plan. Das ist jetzt wichtig.“ Sie hob die Moskitonetze auf. „Diese hier benutzen wir auf jeden Fall weiter, wenn wir draußen sind. Sicher ist sicher.“

Die anderen gaben ihr sofort Recht und jeder griff nach seinem Netz.

„Ich finde, es sollten immer nur zwei von uns unterwegs sein und die anderen beiden bleiben im Baumhaus und warten“, fuhr Lilo fort. „Wir vereinbaren eine Zeit, wann wir uns wieder hier treffen. Falls die zwei, die draußen sind, eine halbe Stunde zu lange fortbleiben, müssen sie gesucht werden.“

Auch damit waren alle einverstanden.

Dominik machte eine fragende Geste. „Und wer geht als Erstes?“

Sofort meldete sich Axel. „Ich auf jeden Fall. Ich werde alles tun, um meinen Vater zu retten. Und Elroy natürlich auch.“

„Dann komme ich mit!“ Poppi war sofort an seiner Seite. „Ich kenne mich am besten von uns mit Tieren aus. Falls es wirklich etwas mit Spinnen zu tun hat, finde ich es heraus.“

„Mutig, Poppi“, sagte Lilo anerkennend.

„Wir beide sollten in der Zwischenzeit alle Möglichkeiten durchgehen, wie wir am besten Hilfe herbeiholen könnten“, sagte Dominik zu Lilo.

Die Detektive stellten sich am Ausgang auf und schlugen die Hände in der Luft zusammen. Dazu sagten sie ihren Banden-Spruch: „Vier Knickerbocker lassen niemals locker!“

Nachdem er tief Luft geholt hatte, schob Axel die Tür auf und trat mit Poppi ins Freie hinaus.

DER NÄCHSTE VERDACHT

Axel und Poppi hatten das Gefühl, in einer Welt gelandet zu sein, wo alles in Zeitlupe ablief. Auch ihre eigenen Bewegungen erschienen ihnen verlangsamt.

Ständig in alle Richtungen lauschend, stiegen sie die lange, gewundene Holztreppe hinunter, durch das Blattwerk der Bäume und vorbei an dicken Palmenstämmen.

Außer ab und zu einem Vogelschrei, war überhaupt nichts zu hören.

Ihre Fahrräder lagen mitten auf dem Weg, wo die vier sie zuvor fallen gelassen hatten. Die beiden suchten die Räder heraus, auf denen die Sättel für sie richtig eingestellt waren. Noch immer kämpften sie mit dem weißen Mückennetz, in dem sie sich ständig mit den Füßen oder Händen verfingen.

Bevor sie losfuhren, wandte sich Poppi an Axel: „Wohin fahren wir eigentlich?"

Normalerweise wäre Axel ohne zu überlegen losgeprescht, wie es eben seine Art war. Seit er aber seinen Vater erstarrt auf dem Boden hatte liegen sehen, hatte er sich verändert. Er schloss die Augen und dachte nach.

„Als Erstes machen wir eine Runde über die ganze Insel. Wir fahren jeden Weg ab. Wir müssen alles sehen." Nach einer kleinen Pause fügte er leise hinzu: „Auch wenn es noch so schlimm ist."

Die Vorstellung, was sie erwartete, jagte Poppi Angst ein. Weil sie aber alles tun wollte, um Axel, seinem Vater und den anderen zu helfen, schob sie die Furcht beiseite, holte tief Luft und machte sich abfahrbereit.

Der erste Teil des Weges verlief, wie die beiden Knickerbocker es sich gedacht hatten: Außer ihnen war niemand unterwegs. Als sie aber näher zum Inneren der Insel kamen, trafen sie auf Gärtner, die bei der Arbeit erstarrt waren und unter Bäumen halb hockten, halb lagen. Sie fanden den Elektrobuggy, in dem Ravi saß. Er war zurückgesunken, hielt das Lenkrad aber noch immer mit einer Hand fest.

Im Restaurant lagen einige Kellner, in der anschließenden großen Küche kauerten alle Köche und Helfer auf dem Boden – regungslos.

Weil sie beide Hunger hatten, nahmen sie sich ein paar Brotscheiben. Poppi fand eine Stofftasche, in die sie Brot für die anderen stopfte, dazu Obst und Käse. Gierig schoben sich die Knickerbocker die Nahrung in den Mund. Erst beim Anblick der Sachen für das Frühstück hatten sie bemerkt, wie dringend sie etwas zu essen brauchten.

Im Büro von Ronda herrschte Stille. Sowohl sie als auch ihre Mitarbeiter waren von der rätselhaften Krankheit befallen.

Axel und Poppi fuhren weiter zum Haus von Guni und Gottfried. Dort erwartete sie der gleiche Anblick wie überall: Auch Guni hatte die Starre ergriffen, ebenso die junge Mitarbeiterin, die Axel noch vor einer Stunde bei ihr gesehen hatte.

„Ich … ich will unbedingt zu meinem Vater!“, sagte Axel leise. Poppi nickte und begleitete ihn selbstverständlich.

In der Villa Nummer vierundsechzig hatte sich nichts verändert. Herr Klingmeier lag in derselben Haltung auf dem Boden, wie Axel ihn gefunden hatte. Ein wenig beruhigte es Axel, den Atem seines Vaters am Finger zu spüren, den er ihm vor die Nasenlöcher hielt. An seinem Hals war deutlich das Pochen des Pulses zu erkennen.

Ein Brummen von draußen ließ Axel aufschrecken. Er stürzte an eines der drei Fenster des Schlafzimmers. Von hier aus konnte man – wie von einem Ausguck – das weite blaue Meer überblicken.

In einiger Entfernung fuhr ein flaches, langes Boot die Küste ab. Axel war sicher, zwei Leute darauf zu erkennen. Einer saß hinten am Steuerrad, der andere schien ein Fernrohr auf die Insel gerichtet zu haben.

Wer war das?

Rettung?

War es doch noch gelungen, einen Notruf loszuschicken?

Dann musste er ein Zeichen geben. Sie könnten an den Strand laufen und winken. Oder sollten sie ein Signalfeuer anzünden und Rauch erzeugen?

Nein, diese Idee verwarf er sofort wieder. Bis sie damit fertig waren, wäre das Boot längst viel zu weit weg. Er trampelte die Wendeltreppe hinunter. Poppi, die unten gewartet hatte, sah ihn halb erschrocken, halb besorgt an.

„Ist … ist was … mit …?“

„Nein! Ein Boot! Zwei Leute. Einer hat ein Fernrohr!“

Die beiden Knickerbocker liefen ins Freie, am Pool vorbei zu den Büschen, die eine Art natürlichen Zaun zum Strand bildeten.

Von dort aus beobachteten sie das Boot.

„Du, Axel, ich habe eine Idee, wieso alle erstarrt sind.“

„Warum?"

„Das ist so eine Art Betäubungsmittel, um jeden auszurauben. Und die dort draußen könnten die Diebe sein."

„Mensch, Poppi, da hast du vielleicht Recht!", flüsterte Axel.

Das Motorboot nahm Kurs auf den zweiten langen Landungssteg, wo am Tag zuvor Mr Sell mit seinem Boot angelegt hatte.

Axel wurde etwas bewusst: Das Motorboot hatte die gleiche Form wie das Wasserfahrzeug im Gebüsch. Könnte es vielleicht ein zweites Boot des Spinnenmagiers sein?

„Wir ... wir fahren zum Steg und verstecken uns dort. Dann sehen wir, wer auf die Insel kommt." Axel bedeutete Poppi mitzukommen.

Sie ließen die Räder bei der Villa stehen und schlichen zu Fuß den Weg zurück bis zu der Stelle, an der ein schmaler Pfad zum Steg abzweigte. Dort befand sich ein kleines weißes Häuschen mit einem Herz in der Tür. Es war wohl eine Toilette für Leute, die von Bord kamen und mal dringend mussten.

Das Häuschen war von Buschwerk umgeben und bot ein gutes Versteck für die zwei.

Axel wagte sich weit nach vorne und spähte an der Mauerkante vorbei zum Ende des Stegs.

Das Boot legte an und ein Mann sprang auf die

Holzplanken. Er hielt ein Tau in den Händen, mit dem er das Boot an einem Poller befestigte. Der Motor war abgestellt worden und nun folgte der zweite Mann.

Beide trugen dunkelrote Mäntel über weißen Gewändern aus dünnem Stoff. Offensichtlich kamen sie vom Spinnenmagier.

Langsam zog sich Axel zurück zu der Stelle hinter dem Häuschen, wo Poppi und er bestimmt nicht entdeckt werden konnten.

Die Männer brauchten eine Weile, bis sie an ihnen vorbeikamen, da der Steg sehr weit hinaus ins Meer reichte. Sie redeten mit gesenkten Stimmen und gingen langsam. Ständig sahen sie sich dabei um.

Bedeutete dieses Verhalten, der Verdacht der Knickerbocker war richtig? Waren die Gäste und Mitarbeiter der Insel betäubt worden, um sie auszurauben? War alles ein Plan des Spinnenmagiers?

Eine Sache daran war jedoch unlogisch: Wieso war der andere Kollege des Spinnenmagiers dem Gift zum Opfer gefallen? Warum lag er erstarrt neben dem versteckten Boot?

„HELIOSBOSS, KOMMEN!"

Axel deutete in die Richtung, in die die beiden Männer gingen. Er wisperte Poppi ins Ohr: „Ich folge ihnen. Will wissen, was sie vorhaben. Treffen im Baumhaus. Okay?"

Nein, für Poppi war das nicht in Ordnung. Sie wollte Axel nicht allein gehen lassen und zudem auch nicht ohne ihn zurückbleiben. Allerdings wusste sie, dass das gemeinsame Beschatten der Männer viel zu auffällig und damit gefährlich gewesen wäre. Wenn sie mehr über die zwei und ihren Plan herausfinden wollten, konnte nur einer sich an ihre Fersen heften. Axel war in der Knickerbocker-Bande der Beste im Verfolgen und Anschleichen. Das hatte er schon mehrere Male beim Training, das die vier zu Hause machten, bewiesen.

Es blieb Poppi nichts anderes übrig, als ihre Bedenken und die erneut aufsteigende Angst zu schlucken und zustimmend zu nicken. Axel streckte den Daumen in die Höhe und bewegte sich lautlos aus dem Versteck.

Die roten Mäntel der Männer waren nicht zu übersehen. Die beiden hatten einen Vorsprung von ungefähr zweihundert Metern. Für Axel war das ein Sicherheitsabstand, der ihn beruhigte. Gleichzeitig wusste er, dass er die Typen nicht so leicht aus den Augen verlieren würde.

Bogen sie ab – wie sie das im Augenblick gerade taten –, so musste er nur einen kleinen Sprint einlegen und schon hatte er die Abzweigung erreicht, konnte um die Ecke spähen und ausspionieren, was die Männer taten.

Auf diese Weise gelangte er bis zum großen Hauptplatz und dem anderen Steg, an dem sie vor genau einem Tag angekommen waren. Es erschien ihm, als wäre es vor einem Jahr gewesen.

Er konnte hören, wie die Männer sich in einer Sprache unterhielten, die ihm völlig fremd war. Sie gestikulierten dabei heftig mit den Armen und schüttelten immer wieder den Kopf.

Was hatte das nur zu bedeuten?

Auf einmal drehten sich beide mit einem heftigen Ruck um. Es hatte sie etwas erschreckt. Sie blickten

Richtung Rondas Büro, wo noch immer die Tür offen stand.

Hatte sich Axel getäuscht oder war aus dem Büro ein Geräusch gekommen? War das nicht das Scharren eines Stuhles gewesen? Bedeutete das, es war noch jemand von der Starre verschont geblieben?

Die Männer wechselten einen fragenden Blick, nickten einander kurz zu und steuerten dann das Büro an. Zwei Schritte vor der Tür blieben sie stehen und riefen etwas in ihrer Sprache.

Es kam keine Antwort. Auch kein weiteres Geräusch. Es schien also doch niemand im Raum zu sein, der sich bewegen konnte.

Entsetzt deutete einer der Männer zu den auf dem Boden liegenden Leuten, die Axel schon vorher gesehen hatte. Die zwei Kollegen des Spinnenmagiers machten auf ihn den Eindruck, als wären sie ehrlich überrascht von dem, was sie da zu Gesicht bekamen. Den Schreck hatten sie aber schnell überwunden. Beide stürmten in das Büro – wahrscheinlich, um zu helfen.

Axel hörte sie reden und das Schieben und Poltern von Möbeln. Er vernahm angestrengte Laute, als würden die Männer etwas Schweres heben.

Von einer Sekunde auf die andere aber trat Stille ein. Es war fast so, als hätte jemand auf die *Lautlos*-Taste bei einem Fernseher gedrückt.

Mit angehaltenem Atem stand Axel hinter dem schiefen Stamm einer Palme. Er hatte den Eingang des Büros fixiert und wagte nicht einmal, mit den Augen zu zwinkern, aus Angst, ihm könnte etwas Wichtiges entgehen.

Aber es tat sich nichts. Kein weiteres Geräusch. Keine Bewegung. Niemand, der das Büro verließ. Kein Zeichen, dass die beiden Männer noch drinnen waren.

Hatten sie den Raum durch einen Hinterausgang verlassen?

Oder waren sie auch erstarrt? Wie aber hätte das geschehen sollen?

Die Fragen, die sich ihm stellten, wurden immer wilder und verwirrender.

Wenn doch der Spinnenmagier an den Vorgängen auf der Insel Schuld hatte, wieso benahmen sich seine Helfer dann so seltsam? Die erstarrten Leute im Büro durften sie doch nicht überraschen.

Axel wartete gespannt. Obwohl er sich nicht bewegte, schwitzte er wie bei einem anstrengenden Lauf. Seine Beine begannen zu zittern.

Was war im Büro vorgefallen?

Ein elektronisches Piepsen ertönte, dann Krachen und Rauschen. Das klang nach einem Funkgerät.

Seine Neugier war größer als seine Angst. Deshalb verließ Axel das Versteck und bewegte sich geduckt auf das Bürogebäude zu. Er wagte nicht zu atmen und trat mit der ganzen Fußsohle auf, als könnte der Sand sonst knirschen und ihn verraten.

Aus dem Büro kam die krächzende Stimme eines Funkgesprächs.

„HeliosBoss, kommen!“, verlangte sie schnarrend.

Axel hatte die Tür erreicht und streckte langsam den Kopf in das Büro. Seine Augen wurden groß.

Was hatte das zu bedeuten?

Poppi hatte beschlossen, zu Fuß zurück zum Baumhaus zu gehen. Das erschien ihr weniger gefährlich, als zur Villa zurückzukehren und das Fahrrad zu holen. Der Anblick des bewusstlosen Herrn Klingmeier war zudem einfach zu grauenvoll für sie.

Sie warf einen Blick auf ihre Uhr. Sie hatte noch Zeit. Mit Lilo und Dominik war vereinbart, dass Axel und sie in vierzig Minuten beim Treffpunkt sein sollten. Poppi würde also viel zu früh dort ankommen.

Es beschäftigte sie immer sehr, was die anderen von ihr dachten. Sie war die Jüngste der vier und Lilo behandelte sie oft wie eine kleine Schwester. Obwohl Poppi das durchaus mochte, wollte sie von ihren Freunden auch respektiert und für voll genommen werden.

Was war das Mutigste, was sie sich in diesem Augenblick vorstellen konnte?

Ihr Fahrrad zu holen?

Nein, das war höchstens praktisch, weil sie dann rasch beim Baumhaus wäre und auch sonst einfach schneller auf der Insel vorankäme.

Das Mutigste, das ihr einfiel, war, zu dem versteckten Boot zu gehen, wo der Mann mit dem rot-grünen Gesicht lag. Vielleicht entdeckte sie dort einen Hinweis auf die Ursache für die seltsame Erkrankung aller Inselbewohner. Wenn sie allein etwas herausfand, wäre Lilo sicher sehr überrascht. Es ging Poppi aber nicht nur darum. Die Lösung des Rätsels und die Rettung der Leute waren ihr das Wichtigste.

„Du machst das!“, sagte sie befehlend zu sich. „Du gehst zum Boot. Der Mann ist erstarrt wie alle anderen. Er kann dir nichts tun. Dir kann nichts geschehen.“ Energisch zog sie das Mückennetz fester um sich. Besonders gut wickelte sie es um die nackten Beine.

So marschierte sie los. Unter den hohen Baumkronen folgte sie dem Weg, der sich in sanften Kurven durch den Dschungel zog. Weil sie von der Villa aus am einfachsten zurück zu der Stelle finden würde, wo sie das Boot entdeckt hatte, wagte sie sich also doch zum Haus der Bande, in dem Herr Klingmeier lag. Mit eingezogenem Kopf lief sie außen herum und kam sich ziemlich dumm vor.

Aber was half es, wenn sie nur mit sich schimpfte.

Sie tat etwas, wozu Mut gehörte, und den bewies sie in diesem Moment. Dafür lobte sie sich im Stillen.

Als Poppi auf den Strand hinaustrat, wehte ihr eine sanfte Brise entgegen. Der Luftzug tat gut, denn vom Himmel glühte die Sonne herab.

Die Flut war gekommen und hatte alle Spuren im Sand weggespült. Poppi lief in dieselbe Richtung wie am Vormittag und stand schnell vor dem Außenbordmotor, der zwischen den Blättern der Büsche herausragte.

Sie schloss die Augen und ballte die Fäuste. Sie atmete tief ein und bog dann die Zweige auseinander.

Es war alles wie am Morgen. Nichts schien verändert. Weder das Boot noch der regungslos daliegende Mann.

Falls es wirklich etwas zu entdecken gab, konnte es nur etwas sein, das die Knickerbocker zuvor übersehen hatten. Normalerweise passierte ihnen das nicht, doch die Aufregung über den Fund war sehr heftig gewesen.

Sorgfältig suchte Poppi das verwelkte Laub zu ihren Füßen ab, das auf dem Boden eine dicke Schicht bildete. Da und dort sprossen frische grüne Triebe heraus. Sie entdeckte mehrere Kokosnüsse, die Wurzeln geschlagen hatten und aus denen bereits die ersten Blätter wuchsen.

Weder Käfer noch Ameisen und schon gar keine

Spinnen krabbelten auf dem Boden herum. Ein schwarzer Tausendfüßer war das einzige Insekt. Er ergriff sofort die Flucht, als Poppi sich näherte.

Sie machte einen großen Bogen um den Mann und kam auf der Höhe des Schiffsbugs an.

Und dort lag etwas. Es waren zwei Kanister. Zwei große Kanister. Jeder fasste mindestens zehn, vielleicht sogar fünfzehn Liter. Mit diesen Mengen kannte sich Poppi nicht so genau aus. Die Kanister waren aus Kunststoff und hatten rote Schraubverschlüsse.

Bedeutete das, der Mann hatte etwas auf die Insel gebracht? Etwas Flüssiges? Vielleicht Gift? Oder doch Tiere? Insekten?

Möglich war es.

Ungelöst blieb nur eines: Wieso war er selbst in die eigene Falle getappt?

Mit den nackten Zehen stieß Poppi gegen einen der Kanister. Er bewegte sich nicht. Sie drückte dagegen, doch er schien voll und sehr schwer zu sein. Viel schwerer jedenfalls, als ein leerer Kanister sein konnte.

Was war da wohl drin?

Über ihrem Kopf raschelte es. Poppi sah auf. Ein großer Schatten stürzte herab. Sie taumelte nach hinten, stolperte und fiel rücklings ins Laub. Es war zum Glück weich und dämpfte ihren Sturz.

Poppis Herz raste. Ihr Mund war staubtrocken

und sie hatte das Gefühl, dass ihr jemand die Luft abdrückte.

Dabei war das über ihr nur ein Flughund gewesen, der sich von einem Ast abgestoßen hatte.

Es dauerte ein wenig, bis Poppi sich beruhigt hatte. Noch immer zitternd stand sie wieder auf.

Durch die Blätter der Büsche sah sie hinaus auf den Strand. Dort ging jemand. Oder besser gesagt, dort torkelte jemand und gab dabei kurze, jämmerliche Laute von sich – wie ein Baby.

Es war die Frau mit dem schwarzen Schleier.

UNTER DEM SCHWARZEN SCHLEIER

„In fünfzehn Minuten müssen sie zurück sein!“, verkündete Dominik.

Lilo lief entlang der Fenster und blickte hinunter auf die Baumkronen. Jede Runde endete und begann an der Schiebetür, von wo aus sie zur Treppe sehen konnte.

Auch wenn noch Zeit war, wurde sie immer unruhiger. Sie wollte es sich nicht anmerken lassen, aber irgendetwas in ihr schlug ständig Alarm.

Eine Erklärung hatte sie dafür nicht. Hatte sie erwartet, dass Axel und Poppi früher als ausgemacht zurück wären?

Mit Dominiks Hilfe hatte sie Elroy auf eine Yogamatte gehievt und an die Wand gezogen. Dort lag er zusammengekrümmt und starrte ins Leere.

Dominik musste an das letzte Wort von Elroy denken: „Ruhe-Sachen“. Was auch immer das bedeuten sollte.

„Ruhe-Sachen“?

Es musste sich um etwas Wichtiges handeln, denn sonst hätte sich Elroy nicht so angestrengt und die letzten Kräfte dafür aufgeboten.

Was hatte er ihnen bloß mitteilen wollen? Ein Hinweis? Aber worauf?

Lilo schob die Glastür zur Seite und trat hinaus auf die hölzerne Plattform. Sie ging vor zur Treppe und sah hinunter.

Von Axel und Poppi keine Spur.

Der Balkon verlief rund um das ganze Haus und Lilo schaute von allen Stellen über die Insel und zum Meer hinaus.

Erst auf den zweiten Blick fiel ihr der Punkt am Horizont auf. Er befand sich knapp hinter der Stelle, an der Himmel und Meer zusammenstießen, wurde kleiner und verschwand.

Was war das gewesen? Ein Schiff?

Egal. Jetzt war es wieder fort. Verschwunden hinter der Krümmung der Erde.

Falls das Schiff wieder auftauchte, mussten sie ihm ein Zeichen geben. Es könnte ihre Rettung sein. Wenig Erfolg versprach sie sich von Winken am Strand, da sie aus der großen Entfernung bestimmt nicht gesehen werden würde. Aber Rauchzeichen hatten große Chancen auf Erfolg.

Doch das Schiff war fort. Sie hatte es zu spät entdeckt. Oder es war nur sehr kurz an dieser Stelle gewesen.

Nach wie vor hing die geisterhafte Ruhe über der Insel wie eine Unglückswolke.

Der Punkt am Horizont kehrte zurück. Diesmal schien er sich sogar auf die Insel zuzubewegen.

Sie musste schnell handeln. Lilo streckte den Kopf in den Yogaraum. „Dominik, ich bin am Strand. Am Oststrand. Ich versuche, ein Feuer zu machen, um Rauchzeichen zu geben. Für das Schiff draußen."

Die Aussicht, allein zurückzubleiben, gefiel Dominik nicht. Allerdings musste einer die Rückkehr von Axel und Poppi abwarten. Das war ihm klar.

„Wieso nimmst du nicht eines der Motorboote und fährst zu dem Schiff?", schlug er vor.

Das war natürlich auch eine Möglichkeit. „Aber ich kenne mich mit Booten nicht aus und weiß auch nicht, wo die Zündschlüssel sind. Das wird nicht klappen."

„Wenn Axel und Poppi hier sind, dann kann ich versuchen, was zu finden."

„Gute Idee!" Lilo zeigte ihm, wohin sie gehen wollte, und machte sich auf den Weg.

Dominik blieb im Baumhaus, beobachtete aber

von dort aus das Schiff. Es machte nicht den Eindruck, als würde es seine Fahrt zur Insel fortsetzen, entfernte sich aber auch nicht. Das Schiff war vielleicht vor Anker gegangen.

Sie konnte nur dastehen und zuschauen. Die Frau mit dem schwarzen Schleier vor dem Gesicht taumelte über den Strand, die Arme zur Seite gestreckt. Manchmal hob sie die Hände zum Himmel und stimmte wieder dieses klagende Wimmern an.

Was sollte Poppi machen? Ihr Versteck verlassen? Sich zeigen? Die Frau ansprechen?

Es war unwahrscheinlich, dass sie zu den Leuten gehörte, die an dem schrecklichen Spuk auf der Insel Schuld hatten. Wieso war sie nicht betroffen? Für Poppi war das eine Frage mit mindestens zehn Fragezeichen.

Schließlich ließ sich die Frau in den Sand sinken und legte die Beine übereinander. Sie hob den Schleier und riss ihn sich vom Kopf. Darunter kamen blonde Zöpfchen zum Vorschein. Das Gesicht in die Hände gestützt, kauerte die Frau da und starrte auf das Meer hinaus. Mit einer sehr feinen, sanften Stimme begann sie zu singen.

Das Lied erkannte Poppi sofort. Es war ein Hit von Eliza Simmons. Sie erkannte aber noch etwas Unglaubliches.

Das war nicht möglich! Oder doch?

Nur ein Mensch konnte den Song so singen. Poppi hätte die Stimme aus Hunderten herausgehört. Sie bewegte sich an der Bootswand entlang Richtung Strand. Bevor sie aber aus dem Gebüsch trat, räusperte sie sich und sagte warnend auf Englisch: „Nicht erschrecken, ich tu Ihnen nichts."

Die blonde Frau fuhr herum. Das Gesicht kam Poppi bekannt vor, auch wenn Eliza Simmons nicht so aussah wie auf ihren CDs und im Fernsehen. Der Grund dafür war einfach zu erklären: Die Sängerin war nicht geschminkt, außerdem verweint und sehr blass.

„Wer … du … wer …?", stieß Eliza heraus.

„Äh … hilft es Ihnen, wenn ich sage, dass ich Ihr größter Fan bin?"

Da brach die Sängerin in ein übertriebenes, hysterisches Gelächter aus. „Freue mich jetzt doch, dabei bin ich eigentlich hier, um zu fliehen … weil …" Sie fasste sich mit den Fingerspitzen an die Schläfen und schüttelte langsam den Kopf.

Poppi ging in gebückter Haltung näher. Sie tat dies nicht aus Ehrfurcht, sondern einfach aus Rücksicht. Sie dachte, Eliza Simmons würde es weniger beunruhigen, wenn sie mit ihr auf einer Augenhöhe blieb. Neben ihr angekommen, hockte sich Poppi hin. Sie ließ aber eine Armlänge Abstand zwischen ihnen.

„Ich bin Poppi! Und ich habe noch drei Freunde, die auch auf der Insel sind. Wir können uns alle bewegen“, sagte sie mit beschwichtigender Stimme.

Die Sängerin blinzelte eine Träne weg. „Baldwin liegt auch nur starr da … ich dachte … ich dachte, er wäre tot …“

„Ist Baldwin der Mann mit den dicken Muskeln?“, erkundigte sich Poppi vorsichtig.

„Mein Alles … meine Liebe … mein Fels in der Brandung …“ Sie begann wieder zu weinen. „Was geschieht mit ihm, was ist geschehen? Wieso funktioniert das Telefon nicht? Warum ist keiner da, der uns hilft?“

„Wir versuchen, Hilfe zu holen. Wir schaffen das bestimmt!“ Poppi wollte die berühmte Sängerin am liebsten ein bisschen drücken, damit sie nicht so völlig verzweifelt war. Sie hatte gar keinen, Poppi hatte ihre Freunde. Doch sie traute sich nicht, den Popstar zu berühren.

Auf einmal kam die Sängerin auf allen vieren zu ihr gekrabbelt. Sie fasste Poppis Hände und hielt sie ganz fest. Flehend sah sie ihr in die Augen: „Sag, es wird wieder gut. Alles wird wieder gut. Bitte!“

Poppi nickte ernst. „Ja, alles wird gut. Da bin ich ganz sicher.“

„Danke!“ Eliza umarmte Poppi und drückte sie dermaßen fest an sich, dass Poppi die Luft wegblieb.

So viel Kraft hatte sie der zarten Frau gar nicht zugetraut.

„Wo … wo sollen wir hin? Bleiben wir hier?“, wollte Eliza wissen.

„Besser wir gehen ins Baumhaus. Da sind wir sicherer.“ Poppi stand auf.

„Gibt es dort Wasser?“

„In Flaschen, im Kühlschrank, ja.“

„Verschraubte Flaschen? Verschlossene? Ich trinke nur Wasser aus den Alpen. Das in den rosa-blauen Flaschen. Und nur, wenn es noch versiegelt ist.“

Was für ein seltsames Problem, dachte Poppi. Es gab zurzeit wirklich Wichtigeres.

„Wenn es dort kein derartiges Wasser gibt, müssen wir welches holen. Aus den Kühlschränken in den Villen. Du musst es mir bringen. Ich verdurste fast. Meine Stimme verträgt das nicht. Das tut ihr nicht gut. Ich muss doch bald singen. Mein Konzert. Meine Konzerte."

Du meine Güte, dachte Poppi im Stillen. Sie hatte sich Eliza Simmons ganz anders vorgestellt. Nicht so überdreht.

Egal. Poppi wunderte sich über sich selbst. Viele würden in dieser Situation toben und schreien oder sich vor lauter Schreck einfach nur hinhocken und nicht bewegen.

Aber das tat ein Mitglied der Knickerbocker-Bande nicht. Egal, ob es das älteste oder das jüngste war.

Knickerbocker lassen niemals locker, erinnerte sie sich. Das machte ihr Mut.

„Das Wasser … ohne Wasser kann ich nicht …", wimmerte Eliza Simmons.

„Ich hole es für Sie. Aus unserer Villa. Die ist gleich nebenan. Kommen Sie!"

Auf Poppi gestützt, ging die Sängerin am Strand zurück.

„Keiner sollte mich sehen. Ich wollte nicht erkannt werden. Nicht angestarrt. Darum sind wir hierhergekommen. Aber … aber ich habe immer Angst gehabt, dass mich doch jemand erkennt“, erzählte sie auf dem Weg.

Deshalb also hatte sie den schwarzen Schleier getragen, der am Strand liegen geblieben war. Sie konnte jetzt auch darauf verzichten, da ohnehin niemand in der Nähe war, der sie gesehen hätte.

Im Kühlschrank der Villa fand Poppi drei Flaschen des Mineralwassers, das Eliza unbedingt wollte. Sie brachte sie hinaus und die Sängerin stürzte sich darauf, als hätte sie gerade die Wüste durchquert.

„Jetzt zum Baumhaus“, sagte Poppi sanft.

Ihr Plan, etwas Außergewöhnliches und Mutiges zu unternehmen, hatte sich als richtig erwiesen. Poppi war stolz auf sich, erlaubte sich aber keinen langen Triumph. Es gab viel Wichtigeres zu tun.

GIFTPFEILE

Die Männer in den roten Mänteln lagen kraftlos auf dem Boden. Beide hatten die Augen geschlossen. Der etwas dickere ächzte leicht und versuchte, den Arm zu heben.

Es war nicht die Starre, die sie erfasst hatte. Axel waren sofort die kleinen roten Federbüschel aufgefallen, die ihnen seitlich aus dem Hals ragten. Sie dienten einer dünnen Nadel als Stabilisator.

Solche Nadeln wurden aus Blasrohren abgefeuert. Axel erinnerte sich, etwas im Fernsehen darüber gesehen zu haben. Die Nadeln tauchte man in ein Betäubungsmittel, das unter die Haut gespritzt wurde und seine Wirkung sofort entfaltete.

Die Blasrohrpfeile waren allerdings nicht halb so überraschend für Axel wie die Person, die sie abgefeuert hatte. Er stand ihr gegenüber und in seinem Kopf sprangen die Gedanken wild durcheinander.

Es gab einiges, das jetzt noch unerklärlicher war. Außerdem witterte er sofort, dass er etwas herausgefunden hatte, was auf keinen Fall entdeckt werden sollte.

Wieder krachte das Funkgerät und die Stimme verlangte, dass HeliosBoss sich meldete.

Die Person, der Axel gegenüberstand, brauchte ebenfalls ein paar Sekunden, um das überraschende Auftauchen des Jungen zu verarbeiten und einen Entschluss zu fassen. Spätestens als sie das Blasrohr hob, war Axel klar, dass er den Täter vor sich hatte. Er wusste nun, wer an den unfassbaren Vorfällen auf der Insel Schuld hatte. Und er musste es den anderen sagen.

Noch wichtiger aber war, dass er erfuhr, wie diese Starre behandelt werden konnte. Sein Vater brauchte Hilfe. Vielleicht hatte das Gift auf Dauer eine Wirkung, die den Körper schädigte.

„Was ist das Gegenmittel?", presste er heraus.

Die Frage traf sein Gegenüber unvermittelt. Das Blasrohr sank leicht herab, so viel Erstaunen löste Axel aus. Die Nadel mit den Federn rutschte heraus.

Diesen Moment nutzte Axel. Mit dem Fuß holte er aus und trat dem anderen das Blasrohr aus der Hand. Dann wollte er sich auf den Täter stürzen, der aber behänder und flinker war, als Axel vermutet hatte. Blitzschnell zog er aus einer Tasche einen kleinen Revolver.

Der Schreck darüber veranlasste Axel zu einer höchst riskanten Aktion. Er warf sich gegen die Kante des schräg stehenden Schreibtisches vor sich. So versetzte er seinem Gegenüber einen Stoß in die Mitte, der ihn taumeln ließ.

Es hatte keinen Sinn. Axel brauchte die Unterstützung der anderen. Sie konnten hier nur gemeinsam etwas erreichen. Er ging in die Hocke, rollte sich über die Schulter ab und dann weiter durch die offene Tür. Es war eine Übung aus seinem Karatetraining, die ihm jetzt sehr zugutekam.

Hinter sich hörte er Poltern und heftiges Atmen.

Axel rannte, so schnell er konnte. Er war ein Sprinter der Spitzenklasse, was er in diesem Augenblick wieder einmal unter Beweis stellte. Der Sand rutschte zwar unter seinen nackten Füßen weg und machte das Vorankommen nicht so einfach wie harter Boden. Trotzdem legte er an Tempo zu und schaffte es, immer mehr Abstand zwischen sich und den Verfolger zu bringen.

Er nahm nicht den Weg zu den Fahrrädern, von denen einige herrenlos in einem Ständer abgestellt waren, sondern flüchtete in die Restaurantküche, wo er sich mit zwei schweren Pfannen bewaffnete.

Hier fühlte er sich sicherer.

Er zog sich zu einem der Hinterausgänge zurück und behielt dabei den Eingang im Auge, durch den er gekommen war.

Neben ihm quietschte es. Die Augen sprangen ihm fast aus dem Kopf, als er sah, wie von außen die Klinke niedergedrückt wurde. Der andere war wesentlich schlauer, als Axel angenommen hatte. Er hatte sich gar nicht die Mühe gemacht, Axel auf demselben Weg zu folgen, sondern wollte ihn gleich von hinten überraschen.

Das aber würde ihm nicht gelingen.

Die Pfanne hoch über den Kopf erhoben, lauerte Axel neben der Tür. Sie wurde sehr langsam und behutsam geöffnet und ein Kopf erschien. Mit aller Kraft schlug Axel zu.

Neben ihm sackte jemand zusammen, ohne einen Laut von sich zu geben.

Es war allerdings nicht derjenige, mit dem Axel gerechnet hatte, sondern der stärkere der beiden Männer des Spinnenmagiers. Bei ihm hatte das Betäubungsmittel wohl nicht lange gewirkt. Er musste Axels Flucht bemerkt haben und war ihm nachgekommen.

Und wo war der andere mit der Pistole, der vor nichts zurückschreckte?

Axel konnte die Panik nicht unterdrücken.

Der Täter, der fast alle Bewohner der Insel außer Gefecht gesetzt hatte, rannte irgendwo dort draußen herum und konnte jederzeit vor ihm auftauchen.

Oder vor seinen Freunden, die nicht ahnten, mit wem sie es zu tun hatten.

Axel musste zum Baumhaus. Aber er konnte keinen der Wege nehmen. Ihm blieb nichts anderes übrig, als durch das Dickicht des Dschungels zu schleichen, um unentdeckt zu bleiben.

Eliza Simmons weigerte sich, den Weg einzuschlagen, der die Villen verband.

„Die hohen Bäume sind wie drohende Geister. Und diese Riesenfledermäuse stürzen sich auf mich herab." Immer wieder strich sie sich die blonden Zöpfchen aus dem Gesicht.

Poppi hatte sich die erfolgreiche Sängerin wirklich völlig anders vorgestellt. Sie schluckte ihre Enttäuschung herunter und führte Eliza Simmons über den Strand. Ihr Orientierungssinn war nicht so gut wie der von Lilo. Trotzdem war Poppi ziemlich sicher, zu dem Baumhaus zu kommen, wenn sie immer dem Verlauf des Strandes bis zur Spitze der Insel folgte. Von dort war der Yogaraum in den Bäumen nicht weit entfernt.

Die See war etwas rauer geworden. Welle um Welle rollte brausend und schäumend an Land. Poppi und

Eliza hielten Abstand vom Wasser, um nicht nass gespritzt zu werden.

Sie kamen dem zweiten Landungssteg immer näher, der wie ein langer dunkler Fühler hinaus ins Meer ragte. Er überbrückte den seichten Teil der Lagune und endete am Korallenriff, hinter dem es steil in die Tiefe ging.

Zu ihrer Rechten lagen die Villen mit den kleinen Gärten. Nur vor einer sahen sie eine Frau auf einem Liegestuhl – erstarrt, wie von einem magischen Fluch getroffen. Poppi vergewisserte sich, dass die Frau auch später noch im Schatten liegen würde, da sie sonst von der Sonne verbrannt worden wäre. Sie befanden sich dicht am Äquator, wo die Sonnenstrahlen besonders heiß und stark waren.

„Wo bleibst du?", rief Eliza mit zitternder Stimme. In hohen Tönen kreischte sie los. „Koooomm. Ich will nicht allein hier stehen. Kooooomm!"

Sofort lief Poppi zu ihr zurück. Hilflos hob und senkte sie die Hände. Sie wusste nicht, ob sie die Sängerin anfassen durfte. Würde sie das beruhigen oder nur noch mehr außer Fassung bringen?

Eliza nahm ihr die Entscheidung ab und schnappte sich Poppis Hand. Wie ein kleines Mädchen klammerte sie sich daran fest.

„Bring mich an einen Ort, wo ich sicher bin. Mach schon! Geh! Los, gehen wir!"

„Wir sind bald da!", versicherte Poppi ihr möglichst ruhig. Sie setzten den Weg fort.

Es war dumm, um diese Tageszeit am Strand entlangzugehen. Die Sonne stand hoch am Himmel und Poppi hatte keine Sonnencreme verwendet.

Das kräftige Brummen eines Motors ließ sie den Kopf heben und auf das Meer hinausblicken. Ein sehr schnelles weißes Boot kam wie ein Pfeil angeschossen, die Schnauze weit aus dem Wasser. Es sprang über die Wellen wie ein fliegender Fisch und steuerte den Landungssteg an.

Das war die Rettung! Jemand kam, um die Menschen auf der Insel zu erlösen, um zu helfen. Energisch schüttelte Poppi Elizas Hand ab, lief los und winkte mit beiden Armen.

Hilflos stolperte die Sängerin hinter ihr her.

„Warte! Bleib stehen! Du musst stehen bleiben!", verlangte sie mit weinerlicher Stimme.

Aber Poppi hörte nicht auf sie. Sie hätte die Präsidentin der Welt sein können, Poppi wäre nicht stehen geblieben. Es gab wirklich Wichtigeres zu tun. Das Boot durfte unter keinen Umständen wieder wegfahren. Falls die Leute an Bord nicht wussten, was auf der Insel vorgefallen war, mussten sie es jetzt erfahren.

Das Holz des Steges hatte sich bereits aufgeheizt. Poppi glaubte, über glühende Kohlen zu laufen. Sie versuchte, die Berührung ihrer Fußsohlen mit den Brettern so kurz wie möglich zu halten.

In einem eleganten Bogen glitt das Boot an das breite Ende des Landungssteges heran, wo Stufen bis zur Wasseroberfläche hinabreichten, um das Ein- und Aussteigen zu erleichtern.

Eine Frau stand am Steuer, ein Mann sprang an Land und machte sich sofort daran, das Boot zu vertäuen. Beide trugen große Sonnenbrillen, Baseballkappen, die sie tief ins Gesicht gezogen hatten, und schwarze T-Shirts und Hosen.

Poppi schenkte dem Aufzug keine Beachtung. Die Aussicht auf Rettung machte sie unvorsichtig.

Schweigend sahen ihr der Mann und die Frau entgegen. Später konnte Poppi sich noch daran erinnern, dass die Frau ihr Haar unter die Kappe gestopft und an einem Zahnstocher gekaut hatte. Der Mann musste sehr jung sein und hatte im Ohrläppchen ein großes Loch, als hätte er dort einen dicken Ring getragen.

„Hallo! Hilfe! Auf der Insel sind alle krank. Keiner bewegt sich mehr. Nur … nur wir … und Eliza Simmons!“, rief Poppi auf Englisch. Sie deutete zurück zu der Sängerin, die am Anfang des Steges stehen geblieben war, auf die Bretter zeigte und jammerte, dass sie sich verbrannt hätte.

Der Mann kam die letzten zwei Stufen hoch. Er

war sehr groß und blickte von oben auf Poppi herab. Mit dem Kopf machte er eine Bewegung Richtung Insel und schubste sie sanft mit der Hand.

Verstand er sie etwa nicht? Sprach er eine andere Sprache?

„Sie müssen Ärzte alarmieren! Ein Krankenhaus! Helikopter!“, redete Poppi auf ihn ein.

Der Mann nickte und wirkte nun doch, als würde er sie verstehen.

Gemeinsam gingen sie zu der Stelle, wo Eliza Simmons zappelte und schimpfte.

Hinter ihnen hörte Poppi die Frau reden. Sie warf einen Blick über die Schulter. Die Frau kam ihnen nach und hielt ein kleines Funkgerät in der Hand. Sie sprach englisch.

„HeliosBoss zwei an HeliosBoss, ein Mädchen und diese Simmons. An Steg zwei. Erwarten Anweisung."

Aus dem Funkgerät kam ein heftiger Fluch. Die Stimme war stark verzerrt und krachte wie eine uralte Schallplatte.

„Festhalten. Zu Nummer siebenundvierzig bringen. Dort weitere Anweisung. Over."

Mit einer schnellen Bewegung hatte der Mann Poppis Arm und Elizas Schulter gepackt. Die Frau kam ihm sofort zu Hilfe und drehte Elizas Arm auf den Rücken.

Poppi versuchte, um sich zu schlagen und sich zu befreien. Doch der Mann war nicht nur stärker als sie, sondern auch viel, viel größer. Er hielt sie von sich, wie einen strampelnden jungen Hund, sodass ihre Tritte und Schläge ihn nicht trafen.

„Hilfe!", schrie Poppi aus Leibeskräften.

Das war den beiden zu viel. Der Mann zog sie an sich und presste ihr den Mund zu. Dabei drückte er sie so stark, dass ihr die Luft wegblieb.

BRANDHEISS

Die Idee mit dem Signalfeuer musste Lilo schnell verwerfen. Sie hatte den Strand und den Rand des Dschungels nach trockenen, brennbaren Sachen abgesucht, nach Laub und Ästen. Ihre Ausbeute war allerdings mehr als mager. Außerdem hatte sie nicht einmal ein Feuerzeug oder Streichhölzer.

Noch immer lag das fremde Schiff in großer Entfernung von der Insel. Es bewegte sich in keine Richtung, hatte also wahrscheinlich den Anker zu Wasser gelassen.

Lilo unternahm nicht einmal den Versuch, in die Höhe zu springen und zu winken. So wenig, wie sie eine Person an Deck des Schiffes erkennen konnte, so wenig würde sie am Strand bemerkt werden.

Vielleicht sollte sie doch probieren, eines der Boote

in Gang zu bekommen, und zu dem Schiff hinausfahren.

Sie sah auf die Uhr. In wenigen Minuten mussten Poppi und Axel zurück sein. Sie beschloss, sich mit Axel über die Boote zu beratschlagen. Er war sehr geschickt, wenn es um Fahrzeuge ging. Sein Onkel hatte ihm sogar auf einem großen Grundstück das Autofahren beigebracht. Bestimmt wüsste Axel auch, wie man ein Boot startete und steuerte.

Lilos Haut war hell. Richtig braun wurde sie nie. Im Sommer war ihr Gesicht immer nur bedeckt von Sommersprossen. Hier im Indischen Ozean musste sie einen sehr starken Lichtschutzfaktor verwenden, um keinen Sonnenbrand zu bekommen.

Aber wie sollte sie zu ihrem Sonnenöl gelangen? Vielleicht sollte sie es doch aus der Villa holen. Und eine Baseballkappe. Die Bande hatte nichts davon, wenn sie einen Sonnenstich bekam und ihr Gesicht verbrannt war. Dadurch würde Lilo nur behindert werden und keine große Unterstützung sein.

Im Baumhaus erwartete sie Dominik auf der Plattform vor der Tür.

„Die beiden sind noch immer nicht zurück. Sie sind schon neun Minuten über der Zeit!“ Nervös trommelte er mit dem Zeigefinger auf das Glas seiner Armbanduhr.

Lilo begann ihre Nasenspitze zu kneten. Es war

eine Angewohnheit, die ihr das Gefühl gab, besser und schneller denken zu können. Sie zwirbelte die Nase hin und her. Dabei blickte sie hinunter auf die Baumkronen und zur Treppe und fasste dann einen Entschluss: „Ich fahr einfach los. Ich suche sie mit dem Rad. Wenn sie zurückkommen, dann …"

Ja, was sollte Dominik dann tun? Lilo brauchte ein Zeichen. Aber wie sollte ihr Dominik eins geben?

Sie betrat den Yogaraum und sah sich suchend um. In einer Ecke stand eine große geflochtene Schale, in der runde Hölzer, eine dickwandige Metallschüssel, ein Schlegel, wie zum Schlagen eines Gongs, und Zimbeln lagen. Die Schüssel brachte Lilo auf eine Idee. Sie ging zu ihr und hob sie hoch. Als sie mit dem Schlegel auf den Schüsselboden schlug, ertönte sofort ein satter Gong. Als Nächstes probierte sie die Rundhölzer aus, mit denen sie noch viel, viel lautere Töne erzeugen konnte.

„Wenn Axel und Poppi kommen, stell dich hinaus und schlag auf dieses Ding, so fest du kannst. Vielleicht höre ich das Signal."

Dominik übernahm die schwere Schüssel und das Holz und nickte mit ernster Miene.

„Halt mir die Daumen", bat Lilo ihn. Sie zwinkerte Dominik zu und machte sich dann an den Abstieg.

Normalerweise hatte sie nie Schwierigkeiten beim Fahrradfahren. Diesmal aber wackelte sie heftig, als sie die ersten Meter auf dem Rad zurücklegte. Auch als sie endlich in Fahrt kam, schaffte sie es nicht, die Lenkstange ruhig zu halten. Ihre Aufregung war zu groß und ihre Arme taten nicht immer das, was sie von ihnen wollte.

Wo sollte sie Poppi und Axel suchen? Sie könnte alle Wege abfahren und nach ihnen rufen.

Wo waren die beiden überhaupt geblieben?

Lilo wollte es sich nicht eingestehen, aber sie hatte Angst. Große Angst.

Es gab einen guten Grund, wieso sie das Rufen bleiben ließ: Vielleicht waren ihre Freunde irgendjemandem in die Hände gefallen, der mit den Vorfällen auf der Insel zu tun hatte. Diese Person wäre nur zu dankbar, wenn Lilo sich bemerkbar machte. Dann konnte er sie auch noch schnappen.

Nein, nein, nein, das durfte nicht geschehen.

Mit großer Geschwindigkeit fuhr sie über den Hauptweg bis zu der Kreuzung, wo sich rechts die hohen Palmen erhoben. Von dort aus zweigte der Weg zu den Häusern Nummer vierundfünfzig bis fünfundsechzig ab.

Das Sonnenöl fiel ihr ein. So viel Zeit musste sein. Die Vorstellung, in die leere Villa zurückzukehren, wo der erstarrte Herr Klingmeier lag, beunruhigte sie mehr als sie sich eingestehen wollte.

Bevor sie den Zufahrtsweg zu den Villen erreichte,

fiel ihr Blick zum Ende der Straße, wo der lange Landungssteg begann. An dessen Spitze war immer wieder das weiße Sonnendach eines Bootes zu sehen, das in den Wellen auf und ab schaukelte.

Woher war dieses Boot gekommen?

Das Sonnenöl musste warten. Lilo trat in die Pedale und radelte auf den Steg hinaus.

Nicht nur *ein* Boot hatte angelegt, sondern auch ein zweites. Das dunkle Holz mit den aufgemalten Symbolen und unleserlichen Schriftzeichen erkannte sie, bevor sie den Namen des Bootes am Heck las.

Es war ein weiteres Fahrzeug des Spinnenmagiers, ebenfalls mit einem Außenbordmotor ausgestattet wie das erste, das versteckt zwischen den Dschungelpflanzen lag.

Lilo stieg von ihrem Rad. Die Hitze der Bretter schockte sie. Fluchend sprang sie herum und versuchte, die Fußsohlen so lange wie möglich in der Luft zu halten. Dabei ließ sie die Lenkstange des Fahrrades los. Es kippte zur Seite und über die Kante des Steges. Mit einem *Platsch!* landete es im Wasser, wo es sofort versank.

Die Temperatur der Planken war unerträglich. Lilo sah nur einen einzigen Ausweg. Sie hüpfte die Treppe hinunter, die bis zum Wasser führte. Nacheinander streckte sie die Füße ins Meer und kühlte sie auf diese Weise ab. Dann spritzte sie Salzwasser auf die untersten Stufen, um so auch das heiße Holz betretbar zu machen.

Der Schmerz in den Fußsohlen war schlimm. Immer wieder tauchte Lilo die Beine ein, schwenkte sie hin und her und presste die Lippen fest zusammen, um nicht heulen zu müssen.

Sie befand sich ungefähr einen Meter unterhalb der Kante des Steges. Als sie sich bückte, um ihren Fuß hochzuziehen und die Sohle zu begutachten, hörte sie ein Klopfen im Holz.

Lilo hob den Kopf nur ein kleines Stück. Sie erstarrte.

Am anderen Ende des Steges waren zwei Männer aufgetaucht. Beide waren mit weiten roten Mänteln bekleidet.

Die Helfer des Spinnenmagiers.

Der etwas größere der beiden stützte den anderen, der ihm den Arm um die Schulter geschlungen hatte. Er schien Schwierigkeiten beim Gehen zu haben und brauchte die Hilfe seines Kollegen.

Lilo saß in der Falle.

Der Steg war eine Sackgasse.

Wo sollte sie sich verstecken?

Die einzige Möglichkeit schien, ins Wasser zu springen und sich unter dem Steg festzuhalten. Die Stufen der Treppe würden ihr Sichtschutz geben. Allerdings waren die Spalten zwischen den Brettern groß und wer genau hinsah, konnte sie bestimmt entdecken.

Egal. Sie musste es wagen. Sie hatte keine andere Wahl.

Lilo ließ sich ins Meer gleiten. Das Wasser war so warm wie in der Badewanne. Ihre Kleider sogen sich sofort voll und klebten an ihrem Körper. Da sie noch nichts gegessen hatte, war Lilo viel schwächer als sonst. Sie schwamm hinter den Abgang und sah hoch in die Holzkonstruktion, die den Steg stützte. Es gab keinen Balken, den sie erreichen konnte. Sie musste direkt hinter den Brettern der Stufen bleiben. Dort war eine Ritze, wo sie sich mit den Fingerspitzen festhielt. Um über Wasser zu bleiben, trat sie mit den Beinen.

Abtauchen brachte auch nichts. Das Wasser war kristallklar. In ihrem blau-roten T-Shirt und den weißen Shorts würde sie bestimmt auffallen.

Über sich hörte sie die schweren Schritte der Männer. Die Bretter des Steges bebten. Sand rieselte auf sie herab. Als sie den Kopf hob, konnte sie die zwei sogar durch die Ritzen sehen.

Der eine Mann, der verletzt zu sein schien, redete unverständlich lallend. Der andere schien ihn zu beruhigen, allerdings verstand Lilo seine Sprache auch nicht.

Die Schuhe des Verletzten schleiften über das Holz.

Sein Kollege hatte große Mühe, ihn die Treppe hinunterzuschaffen. Er schnaufte laut und gab dem anderen Befehle. Wie ein Sack fiel der Mann in das Boot. Regungslos blieb er dort liegen.

Heftig keuchend folgte der zweite. Er löste das Seil, mit dem das Boot festgemacht war, und warf es neben seinen Kollegen. Dann machte er sich daran, den Außenbordmotor zu starten. Mehrere Male zog er mit einem energischen Ruck an der Starterschnur. Erst beim neunten Versuch sprang der Motor an.

Noch immer hing Lilo unter dem Steg im Wasser. Sie hatte eine Zopfspitze in den Mund gesteckt und kaute vor Nervosität darauf herum.

Bald würden die Männer abgefahren sein. Dann

konnte sie endlich aus dem Wasser steigen. Sie würde zur Insel zurückschwimmen, um den glühenden Steg nicht betreten zu müssen.

Der Motor heulte auf.

Ängstlich spähte Lilo durch den Spalt zwischen zwei Brettern.

Sie blickte direkt in die Augen des Mannes beim Motor.

Die Überraschung und der Schreck ließen Lilo einen Moment lang unaufmerksam sein. Sie verlor den Halt und geriet mit dem Kopf unter Wasser. Zu spät schloss sie den Mund. Das Salzwasser drang ihr in den Hals und in die Nasenlöcher. Sie schlug mit den Armen um sich, geriet dadurch aber nicht an die Oberfläche, sondern noch weiter in die Tiefe. Mit weit aufgerissenen Augen sah sie sich hektisch um. Alles rund um sie war verschwommen. Lilo hatte die Orientierung verloren.

Sie musste würgen und hatte das Gefühl zu ersticken. Ihre Lunge versuchte einzuatmen.

In wilder Verzweiflung ruderte Lilo herum und trat mit den Beinen nach allen Seiten. Sie traf etwas Hartes, ohne aber zu erkennen, was es war.

Wo war sie? Wo war oben? Wo war Luft?

Sie spürte etwas im Rücken. Es schob sie vorwärts. Sie fuhr mit der Hand nach hinten und bekam Stoff zu fassen. Einen Körper.

Lilos Kopf durchstieß die Oberfläche. Statt das ganze Wasser auszuspucken, bekam sie es beim Luftschnappen noch tiefer in die Luftröhre. Ein heftiger Hustenanfall war die Folge. Sie drohte erneut unterzugehen.

Doch etwas hielt sie oben. An ihrem T-Shirt wurde fest gezogen. Aus den brennenden Augen sah sie den dunkelhäutigen Mann vom Boot. Er schwamm neben ihr und hielt sie über Wasser. Der Kerl musste ihr nachgesprungen sein.

Das Husten und Spucken raubte Lilo alle Kraft. Sie schaffte es nicht mehr, sich zu wehren. Ihr blieb nichts anderes übrig, als sich von dem Mann zuerst auf die Treppe und dann in das Boot befördern zu lassen. Auch dort würgte und spuckte sie noch immer.

Erst als der Außenborder aufjaulte und das Boot nach vorne schoss, stemmte sie sich in die Höhe und schüttelte den Kopf. „Nein, nicht! Ich muss hierbleiben. Lassen Sie mich frei."

Der Mann blickte Lilo sehr ernst an und bedeutete ihr mit einer energischen Handbewegung, sich wieder hinzulegen. Die rasante Fahrt des Bootes und das Auf- und Niederspringen über die Wellen erlaubten es Lilo nicht, noch mal aufzustehen.

Wo brachte der Mann sie hin?

„RUHE-SACHEN"

Die Seile waren dünn und absolut reißfest.

Poppi war an den linken Bettpfosten gefesselt, Eliza Simmons an den rechten. Ihre Arme hatten die Gauner hinter dem Rücken um die harten Palmstämme gewickelt und an den Gelenken viele Male mit einer Schnur umwickelt. Schon ein leichter Zug verursachte höllische Schmerzen, da die Schnur sich in die Haut einschnitt.

Zusammengebunden waren auch die Knöchel der beiden und sogar die Knie. Poppi und Eliza konnten nur hilflos herumsitzen und warten.

Die Villa war viel kleiner als die, in der Herr Klingmeier und die Knickerbocker-Bande untergebracht worden waren. Das Bett war zerwühlt, so viel hatte Poppi erkennen können. Irgendjemand hatte also in dem Haus geschlafen. Es war aber außer ihnen keiner hier.

Der Mann und die Frau, die sie gefangen genommen hatten, waren auch wieder gegangen. Helios-Boss hatte sie angefunkt und ihnen aufgetragen: „Durchführung starten!" Was auch immer damit gemeint war. Die zwei waren daraufhin sofort aufgebrochen.

Eliza schniefte vor sich hin. Immer wieder wischte sie sich die Nase mit der Schulter ab.

„Werden wir … werden wir das überleben?", fragte sie kläglich.

„Klar!", erklärte Poppi nach einer kleinen Pause. Sie gab sich Mühe, überzeugend und mutig zu klingen. Sonst hätte Eliza sicher nur noch mehr geheult und gejammert.

Wie sollten sie bloß aus dem Zimmer kommen? Poppi hatte bereits alles versucht, aber nicht den geringsten Erfolg erzielt. Wie es aussah, konnten sie sich ohne fremde Hilfe nicht von den Fesseln befreien.

Die Zeit war längst abgelaufen. Da sie nicht ins Baumhaus zurückgekehrt war, mussten die anderen sie suchen. So war es vereinbart. Falls sie an dem Haus vorbeifuhren, in dem Poppi gefangen gehalten wurde, mussten sie aufmerksam gemacht werden. Die einzige Möglichkeit war zu rufen.

„Wir müssen immer wieder laut um Hilfe rufen", erklärte sie Eliza. „Wir zählen jedes Mal bis sechzig, dann schreien wir. Wenn wir einmal pro Minute ein Signal geben, werden wir bestimmt bemerkt, wenn meine Freunde vorbeikommen."

Zu Poppis Überraschung hörte die Sängerin zu schluchzen auf. „Rufen. Ja, das klingt gut. Meine Stimme ist laut. Mich wird man hören."

Es klang, als würde Eliza Simmons Mut schöpfen. Mut, den Poppi ihr nach der letzten Stunde nicht zugetraut hätte.

„Los!", gab sie das Kommando.

Der Schrei, den Eliza Simmons ausstieß, jagte Poppi einen Schauer über den Rücken. Es war ein hoher, lauter Ton, der jede Tür und alle Fenster durchdrang. Da bestand kein Zweifel. Weil die Sängerin so laut brüllte, brach Poppi den eigenen Schrei ab und sah sie bewundernd an.

Eliza wandte sich zu ihr.

„Gut? Ist das gut so?"

Poppi konnte nur stumm nicken.

Der Dschungel war anders, als Axel es erwartet hatte. Das Blätterdach der Baumkronen und Palmenwipfel war dicht und es drang kaum ein Sonnenstrahl bis zum Boden. Deshalb wuchsen dort unten auch nur kleine Pflanzen, die spitze Äste hatten, aber kaum

Deckung gaben. Schnell waren Axels nackte Beine blutig gekratzt. Er war auf ein scharfkantiges Schneckenhaus getreten, das einen Einsiedlerkrebs beherbergte, und hatte sich auch noch eine Wunde in den Fußballen gerissen. Weit aber war er nicht vorangekommen.

Auch wenn er den größtmöglichen Abstand zu den Wegen hielt, hatte er ständig das Gefühl, sofort entdeckt werden zu können, wenn jemand dort vorbeikam.

Der Kopf der Verbrecherbande war bereits zweimal nur wenige Meter von ihm entfernt entlanggefahren. Er benutzte den Elektrobuggy und lenkte ihn, als wäre es ein Rennwagen. Der hohen Geschwindigkeit verdankte es Axel, doch unentdeckt geblieben zu sein. An den Stamm eines Baumes gepresst, hatte er jedes Mal reglos dagestanden und Stoßgebete zum Himmel geschickt, dass er nicht gesehen würde.

Bisher hatte es funktioniert.

Wieder knirschten die Gummireifen den Weg entlang. Der Elektromotor war fast nicht zu hören, aber der Sand verriet den Buggy – zum Glück.

Axel stand in der Nähe eines riesigen Baumes, dessen Stamm nicht rund, sondern an einer Seite offen und wie eine hohle Säule geformt war. Von den kräftigen Ästen wuchsen zahlreiche Wurzeln nach unten in den Boden.

Das war ein gutes Versteck. Axel schlüpfte hinein und stemmte den Rücken fest gegen die Rundung.

Ein schleifendes Knirschen kam als Nächstes.

Es war das Geräusch einer Bremsung. Danach blieb es still. Der Buggy hatte also angehalten.

Es war aus. Axel war doch entdeckt worden. Er spielte mit dem Gedanken, aus dem Stamm zu springen und einfach wegzurennen.

Aber wohin? Bestimmt würde er schnell eingeholt werden.

Die einzige und letzte Rettung war, die Nerven zu bewahren und einen Überraschungsangriff zu starten. Sollte der Feind die Hand nach ihm ausstrecken, würde Axel sich mit aller Kraft gegen ihn werfen und versuchen, ihn an irgendeiner empfindlichen Stelle zu treffen.

Dafür musste der andere aber erst einmal zu ihm kommen.

Doch das tat er nicht.

Stattdessen hörte Axel eine Stimme vom Buggy. Und gleich darauf eine zweite, krachende aus dem Funkgerät. In dem Gespräch ging es um Zahlenkombinationen.

„Das Mädchen und diese Simmons, können die wirklich nicht flüchten?“

Axel horchte auf.

Mädchen? War damit Poppi gemeint? Oder Lilo?

Er machte sich sofort Vorwürfe, weil er Poppi allein gelassen hatte. Das hätte er nie tun dürfen.

Die Antwort aus dem Funkgerät verstand er nicht, weil sie zu stark verzerrt war.

„Haltet nach einem Jungen Ausschau. Nicht sehr groß, blaue Schirmkappe, blaue Shorts und weißes T-Shirt."

Diese Beschreibung passte genau auf ihn. Allerdings machte es Axel wütend, als „nicht sehr groß" beschrieben zu werden. Seine Körpergröße war sein wunder Punkt.

„Wir müssen ihn kriegen, bevor ihr abfahrt. Er hat mich gesehen."

Wieder ertönte ein Krächzen und Krachen aus dem Funkgerät.

„Das Zeug scheint bei Kindern nicht zu funktionieren. Je jünger die Leute, desto weniger wirkt es. Bei alten Menschen tritt die Wirkung dafür umso schneller ein."

Das also war die Erklärung, wieso die Bande unbeschadet geblieben war.

Aber was musste getan werden, damit die Inselbewohner wieder aus der Starre erwachten? Axel kannte die Person, die es wusste. Sich ihr allein zu nähern, hielt er aber für zu riskant. Er musste es bis zu seinen Freunden im Baumhaus schaffen. Gemeinsam waren sie auf jeden Fall stärker und besser.

Noch immer fuhr der Buggy nicht ab.

„Habt ihr alle Frequenzen abgehört? Ist wirklich kein Signal von der Insel weggegangen?“

Die Antwort aus dem Funkgerät verursachte ein zufriedenes Grunzen.

Aber noch immer setzte das Elektrokart seine Fahrt nicht fort. Axel war im Baumstamm gefangen. Wie es aussah, würde er dort eine Weile bleiben müssen. Er hörte das Klicken eines Feuerzeuges und die Geräusche eines Menschen, der eine Zigarette rauchte.

Wo war Poppi? Oder war es Lilo? Wie konnte er helfen? Er musste sie finden.

Hoffentlich blieben die anderen im Baumhaus. Dort oben waren sie sicher. Der bewusstlose Elroy konnte allerdings nichts für sie tun.

Was wollte der Matrose ihnen mitteilen? „Ruhe-Sachen“ – was war damit gemeint?

Sollten sie ruhig bleiben?

Oder gab es Sachen, die sie holen sollten?

Ruhige Sachen?

Hatte Elroy etwas, was den Knickerbockern helfen konnte?

Axel sah ihn vor sich, wie er im Regen neben seinem Vater auf die Insel gekommen war, seinen Rucksack geschultert, in dem er alle Habseligkeiten verstaut hatte. Einmal hatte Elroy Axel erzählt, dass er ihn nie auspackte, seit das Schiff, auf dem er früher unterwegs gewesen war, in nur zwei Minuten gesunken war. Er bewahrte alles, was er hatte und brauchte, in einem wasserdichten Rucksack auf.

Rucksack.

Elroy hatte kaum noch sprechen können. Könnte er mit „Ruhe-Sachen“ seinen Rucksack gemeint haben? Hatte er es nicht geschafft, das Wort richtig auszusprechen?

Das war sehr gut möglich.

In Elroys Rucksack konnte sich auch wirklich etwas Nützliches befinden. Führte Elroy nicht immer ein Funkgerät mit sich? Oder war es ein Satellitenhandy, das überall funktionierte, weil es die Verbindung über Satellit herstellte und keinen Sendemast benötigte?

Axel würde es bald wissen. Er musste dazu nur Elroys Zimmer finden. Solange der Buggy ihm den Weg verstellte, war das aber leider unmöglich.

CASPAR VAN FELBS

Endlich verlangsamte das Boot seine Fahrt. Es war über die Wellenkämme geholpert wie ein Auto über eine löchrige Landstraße. Lilo war heftig durchgerüttelt worden und immer wieder hart gegen den Boden geschlagen.

Als sie den Kopf hob, sah sie vor sich das dunkle Holz der *Dysderidae* aufragen. Das Boot trieb gerade an der Galionsfigur vorbei. Der Frauenkopf hatte viele Schlangen als Haare, die sich aufbäumten und die Mäuler drohend aufrissen.

Das Gesicht der nachgebildeten Medusa war eine entsetzliche Fratze, halb verzweifelt und halb anklagend und wütend.

Der Mann am Steuerrad lenkte das Boot parallel zur Schiffswand. Über ihnen begann es zu rasseln und an starken Ketten wurde ein Gestell heruntergelassen, das an ein T mit Querstrichen an beiden Enden erinnerte. Vier Stahlseile mit Karabiner baumelten von diesen Enden. Der Mann hakte sie in starke Ösen der Bootswand ein.

Das Surren einer Winde ertönte und das Boot wurde nach oben aus dem Wasser gezogen. Auf der Höhe des Decks angekommen, wurde es an Bord geschwenkt und dort in einer Halterung abgesetzt.

Zwei weitere Männer – alle in weißen Gewändern mit roten Mänteln – empfingen ihre Kollegen mit vielen Fragen in einer Sprache, die Lilo nicht verstand. Die Leute hoben den noch immer halb bewusstlosen Mann aus dem Boot und streckten dann die Arme nach ihr aus.

Es blieb Lilo nichts anderes übrig, als an Deck zu steigen. Was hätte sie sonst tun sollen?

Erst jetzt fiel ihr etwas auf. Als sie sich umsah, erkannte sie in der Ferne am Horizont einen grünen Streifen mit weißem Rand: Es musste die Insel sein. Das Schiff des Spinnenmagiers war der Punkt, dem sie hatte ein Zeichen geben wollen.

Sie hatte also vorgehabt, die Feinde auf den Plan zu rufen. Notwendig war das jetzt nicht mehr. Es war wirklich alles dumm gelaufen.

Vor Aufregung wurde Lilo ganz schlecht. Sie fasste sich mit beiden Händen an den Bauch.

Sofort war jemand an ihrer Seite und stützte sie. Noch immer schmeckte Lilo Salz im Mund. Es brannte in ihrem Hals. Sie hatte auf einmal so quälenden Durst, dass sie die Zunge kaum bewegen konnte. Die Übelkeit ließ sie wanken. Sie kippte nach vorne.

Starke Arme fingen sie auf. Sie wurde hochgehoben und unter Deck getragen. Wie es dort aussah, konnte sie zuerst nicht feststellen, da ihre Augen sich nach dem grellen Sonnenlicht im Freien erst einmal an die neue Umgebung gewöhnen mussten.

Lilo wurde auf ein weiches Sofa gelegt, ihre Beine wurden hochgebettet. Jemand redete beruhigend auf sie ein und drückte ihr einen Becher in die Hand. Er fühlte sich kühl und schwer an. Ihr wurde die Hand an die Lippen geführt, damit sie trinken konnte. Gierig schluckte sie das Wasser.

Langsam nahm alles um sie Gestalt an. Der Raum schien groß, die Möbel aus dunklem Holz. Lilo erkannte einen langen Tisch mit zwei Stühlen. Außer dem Sofa befand sich noch ein Sessel im Raum. An der Wand war ein länglicher Schrank, der sich aus vielen würfelförmigen Einheiten zusammensetzte. Jede Einheit hatte eine Glasscheibe.

Eine Tür ging auf.

Lilo drehte sich in die Richtung, aus der das Klicken gekommen war.

Der Spinnenmagier hatte die Kajüte betreten. Lilo hatte noch nie einen so seltsamen Kopf gesehen. Sie brauchte ein wenig Zeit, bis sie erkannte, was so seltsam war: Der Mann hatte kein einziges Haar. Ihm fehlten sogar die Wimpern und Augenbrauen.

Er strich sich über seinen orange-goldenen Mantel. Mit dem Stehkragen und den glitzernden Stickereien gab er ihm ein fürstliches Aussehen.

„Darf ich deinen Namen erfahren?“, fragte er sie in perfektem Deutsch.

Lilo richtete sich auf. Rund um sie begann sich alles ein wenig zu drehen. Die Männer an ihrer Seite schienen die Schwäche zu bemerken und drückten sie sanft zurück.

„Besser, du bleibst liegen. Du wirkst sehr geschwächt.“

Sie hatte gar keine andere Wahl, als den Rat zu befolgen.

Was war das hier? Wer war der Mann? Er machte nicht den Eindruck, so gefährlich zu sein, wie Ravi behauptet hatte.

„Ich bin Caspar van Felbs“, stellte der Mann sich nun vor.

„Li… Lilo, Lilo Schroll.“

Herr van Felbs zog sich einen Stuhl heran und setzte sich gegenüber von ihr hin.

„Ich kann mir kein Bild von dir und den anderen

Leuten machen, die sich an Bord der Jacht befunden haben."

„Wie... wieso?"

„Was ist auf Tenoja geschehen? Was habt ihr damit zu tun?"

„Wir haben gar nichts damit zu tun. Überhaupt nichts."

„Das sehen meine Leute anders. Jos", er deutete nach draußen, „hatte bemerkt, dass dein Freund verfolgt wurde. Er wollte ihm zu Hilfe kommen, aber er wurde von ihm niedergeschlagen."

„Axel? Axel würde das nie tun!"

„Er hat es getan!"

„Das war sicher alles ganz anders!", erwiderte Lilo hilflos.

„Alf, einer meiner Männer, ist in der Nacht nach Tenoja gefahren, um Wasser zu holen, und ist nicht mehr zurückgekommen."

„Der Mann mit dem rot-grünen Gesicht?"

„Ja. Er hat euch sicher erschreckt. Er hat ein ebenso schlimmes Leben hinter sich wie ich. Seine Eltern haben ihm das Gesicht und den ganzen Körper in Grün und Rot tätowieren lassen, als er noch ein kleiner Junge war. Sie stellten ihn auf dem Rummelplatz aus. Er hat später in einem Zoo gearbeitet und Schlangen und Spinnen betreut. Alf ist einer der größten Experten der Welt im Umgang mit Spinnen."

Über seinen Verbleib konnte Lilo sofort Auskunft geben. An seinem Beispiel erklärte sie auch, was auf der Insel geschehen war.

„Haben Sie … haben Sie das gemacht?“, wollte sie wissen.

Caspar van Felbs schnaubte kurz und wirkte auf einmal wehmütig. „Das denkt ihr also von mir.“ Er blickte Lilo in die Augen. „Aber es ist nicht wahr.“

„Wenn es nicht wahr ist, dann funken Sie. Rufen Sie Hilfe für die Leute auf der Insel!“

Bedauernd schüttelte van Felbs den Kopf. „Mein Schiff verfügt über keine so starke Funkanlage. Die einzigen Funkgeräte, die wir im Einsatz haben, dienen unserer eigenen Verbindung. Ich bin am Kontakt mit dem Rest der Welt nicht interessiert.“

Mutlos ließ Lilo sich zurücksinken.

„Aber … aber Sie können doch zur nächsten Insel fahren. Sie müssen das tun!“

Caspar van Felbs schien anderer Meinung zu sein. Mit unbewegter Miene sah er Lilo an.

Wer war der Mann?

VERSCHIEDENE FALLEN

Endlich! Der Elektrobuggy fuhr an und rollte davon. Axels Beine waren schon ganz steif vom Stehen im Baumstamm. Erst jetzt bemerkte er, dass er immer wieder die Luft angehalten hatte und ihm davon ganz schwindlig war.

Hauptsache, er war nicht entdeckt worden. Das war im Augenblick das Wichtigste. Axel war Zeuge eines unfassbaren Verbrechens geworden und kannte den Drahtzieher. Damit stellte er eine große Gefahr für die Gauner dar.

Ständig musste er an Poppi denken. War sie es, die den Typen in die Hände gefallen war? Wo könnte sie gefangen gehalten werden?

Er hatte einen Verdacht. Allerdings wusste er nicht, wo genau er suchen sollte.

Was war jetzt am Dringendsten? War es nicht das Satellitenhandy, das er als Erstes brauchte? Wenn er es gefunden hatte und es funktionierte, dann konnte er sofort Alarm schlagen. Die nächsten Inseln konnten nicht so weit entfernt sein. Mit Schnellbooten waren sie bestimmt innerhalb einer halben Stunde zu erreichen.

Deshalb entschied er sich dafür, Elroys Zimmer zu suchen. Es hatte eine einstellige Nummer. Daran konnte er sich erinnern. Nach eins, zwei oder drei hatte sie nicht geklungen. Also suchte er erst ab vier.

Um zum Hauptplatz zurückzukehren, schlug Axel sich durch den Dschungel. Dabei hielt er immer möglichst viel Abstand zu den Wegen. Alle paar Schritte blieb er stehen und lauschte, ob er das Brummen des Elektrobuggys oder eine menschliche Stimme hören konnte.

Ihm fiel aber nichts auf. Das beruhigte ihn ein klein wenig, aber wirklich nur ein wenig. Die drohende Gefahr blieb und die Verbrecher konnten überall lauern.

Obwohl er sich immer wieder am Stand der Sonne orientiert hatte, musste er die falsche Richtung eingeschlagen haben. Statt zu dem großen Sandplatz, gelangte er auf einen Nebenweg, an dem mehrere Villen lagen.

Prüfend blickte er in beide Richtungen.

Es war niemand zu sehen oder zu hören. Sollte er den Weg ein Stück hinunterlaufen? Es würde wesentlich schneller und einfacher gehen und er käme bestimmt besser voran. Er musste es riskieren. Vor allem war es wichtig, wieder in die Nähe eines der Hauptwege zu kommen. Dort würde er dann zwischen den Bäumen Deckung suchen.

Axel huschte über den warmen Sand. Er war ständig auf der Hut. Jeder Muskel seines Körpers war angespannt.

Er zuckte zusammen, als aus einer Villa hinter ihm ein Schrei ertönte. Eigentlich waren es zwei Schreie, die aber fast gleichzeitig ausgestoßen wurden. Jemand rief „Hilfe!", ein anderer schrie das englische „Help!". Es waren zwei weibliche Stimmen und eine hörte sich stark nach Poppi an.

Gefunden! Er hatte sie gefunden. Sein Verdacht erwies sich als richtig. Er lief zurück und zu der Villa, in der er Poppi vermutete. Vorsichtig öffnete er die Haustür.

Hinter ihm – von Axel unbemerkt – trat jemand auf den Zufahrtsweg und lächelte zufrieden. Der Junge ging gerade in die Falle. Besser hätte es nicht kommen können.

Das Nägelkauen hatte Dominik sich schon vor vielen Jahren abgewöhnt. Er hatte eine Zeit lang ständig an seinem Daumennagel geknabbert, bis dieser ausgefranst und hässlich war. Einmal hatte er deswegen eine Filmrolle nicht bekommen. Seit damals hatte Dominik es nie wieder getan. Tagelang hatte er sich immer auf seine Hand gesetzt, wenn ihn der Drang überkam, den Nagel zwischen die Zähne zu stecken.

An diesem Tag aber fing Dominik wieder damit an. Anders hielt er die Anspannung nicht aus. Er rannte ständig aus dem Yogaraum und hielt auf der Terrasse nach seinen Freunden Ausschau.

Niemand kam.

Dafür aber beobachtete er ein dunkles Boot mit Außenbordmotor, das zu dem Schiff steuerte, dem Lilo ein Zeichen hatte geben wollen.

Was bedeutete das?

Wer fuhr dorthin?

Wusste Lilo davon?

Wie konnte er sie verständigen?

Elroy stöhnte leise. War das ein gutes oder ein schlechtes Zeichen? Außerdem bewegte er plötzlich einen Arm. Er streckte ihn sehr langsam aus. Bedeutete das, er erwachte aus der Starre?

Auf der Plattform zappelte Dominik unruhig herum. Ständig lehnte er sich über das Geländer und blickte suchend hinunter. Er versuchte, zwischen den Blättern einen seiner Freunde auszumachen, der endlich, endlich zurückkehrte.

Als keiner kam, begann Dominik fieberhaft zu überlegen, was er unternehmen könnte. Nur einfach so dastehen wollte er nicht.

Es musste etwas geben, was er tun könnte. Für seine Freunde. Zur Rettung von Axels Vater.

Da hörte er Stimmen. Er öffnete den Mund, um zu rufen, erkannte dann aber, dass dort unten nicht Lilo, Axel und Poppi waren.

Ein Mann und eine Frau redeten miteinander. Es war ein heftiges Gespräch, das sie auf Englisch führten. Sie diskutierten, ob es an diesem Ende der Insel noch Häuser gab. Die Frau meinte, die teuerste und größte Villa sei ganz in der Nähe und dort würde dieser Popstar wohnen, der bestimmt jede Menge Schmuck und andere wertvolle Sachen im Safe hätte. Der Abstecher würde sich auf jeden Fall lohnen.

Der Mann wiederum meinte, dass sie auch das Baumhaus durchsuchen sollten. Er hatte gehört, dass es öfter an besonders reiche Gäste vermietet wurde. Vielleicht hatte diese Sängerin dort oben etwas zurückgelassen, was sie mitnehmen könnten.

Das Holz der Treppe leitete das Poltern der Schritte bis zu Dominik. Die zwei kamen herauf und man musste kein Meisterdetektiv sein, um zu wissen, dass sie keine erwachten Feriengäste waren.

Es waren die Gauner, die in die Vorfälle auf der Insel verwickelt waren.

Dominiks Bauch zog sich zusammen. Seine Knie waren auf einmal wie Gummi und er hatte das Gefühl, nicht mehr klar denken zu können. In seinem Kopf herrschte ein wildes Durcheinander.

Zurück in den Yogaraum konnte er nicht. Das wäre eine Falle.

Also huschte er zur Rückseite des Holzbaus und duckte sich unter ein Fenster. An der Hauskante vorbei spähte er zur Plattform.

Zwei schwarz gekleidete Leute mit großen Sonnenbrillen erschienen. Der Mann deutete auf die offene Tür des Baumhauses.

Die Frau trug eine große schwarze Tasche, die schwer zu sein schien.

Um nicht entdeckt zu werden, zog Dominik den Kopf ein. So kauerte er mit dem Rücken gegen die Holzwand gelehnt da.

Im Baumhaus rumorten die beiden Leute herum. Sie redeten über Elroy und wie er wohl hier raufgekommen war, suchten da und dort, fanden aber nichts.

Das Krachen eines Funkgeräts drang durch die Scheibe.

„HeliosBoss an Helios zwei, kommen."

Die Frau meldete sich als Helios zwei.

HeliosBoss verlangte, dass die beiden ein Blasrohr aus dem Büro holten. Er hätte es dort liegen gelassen.

„Und die Munition der Betäubungspfeile auch. Sie ist in einer grünen Schachtel. Sehr flach."

Die Frau versicherte ihrem Boss, dass sie ihm die Sachen bringen würden.

„He, komm her!", rief der Mann im Baumhaus plötzlich.

Schritte waren zu hören.

„Schau mal!"

Die Stimme klang sehr nah.

Dominik blickte nach oben.

Durch die Scheibe hindurch starrten ihn die beiden Leute an.

„Den sucht der Boss. Schnapp ihn!", schrie die Frau.

Dominik sauste in die Höhe. Es gab nur einen Weg nach unten und das war die Treppe. Wenn er sie nicht als Erster erreichte, würden die zwei ihn kriegen. Er stürmte an der Wand des Baumhauses entlang über den Balkon.

Der Mann im Yogaraum rannte ebenfalls. Dominik sah ihn aus den Augenwinkeln durch die lange Fensterfront.

Auf einmal stolperte er und schlug der Länge nach hin. Der hochstehende Rand einer Matte war ihm zum Verhängnis geworden.

Ungehindert erreichte Dominik die Plattform am Eingang. Er sprang zur Tür, zog den Schlüssel von innen ab und schob sie zu. Nun sperrte er die beiden Verbrecher ein.

Die Frau stürzte zur Tür und trat dagegen. Sie zog und rüttelte am Knauf, schaffte es aber nicht, sie zu öffnen.

Daher konnte Dominik seinen Vorsprung ausbauen. Er polterte die Treppe hinunter und schnappte sich unten sein Fahrrad.

Oben klirrte es. Die Gauner hatten ein Loch ins

Türglas geschlagen und fingerten nach dem Schlüssel. Schlauerweise hatte Dominik den aber abgezogen und mitgenommen.

Sie mussten schon die Tür aufbrechen oder aus dem Fenster klettern.

Stehend trat er in die Pedale und entfernte sich immer weiter vom Aufgang des Baumhauses.

Jetzt wollte er nur noch die anderen finden.

ABSCHEULICH

„Axel!" Poppi hatte sich noch nie zuvor so gefreut, ihren Freund zu sehen.

Axel begann sofort, nach einem Messer zu suchen, mit dem er die Fesseln von Poppi und der Frau durchschneiden konnte.

Während er Schubladen und Schranktüren öffnete, redete Poppi in einem fort und berichtete, was sie erlebt hatte.

„Ich … ich weiß, wer … wer der Kopf der Verbrecherbande ist", rief Axel aus der Kochnische, wo er endlich ein kleines Obstmesser fand. Es war nicht scharf, aber wenn er damit heftig säbelte, würde er Poppi schon befreien können.

„Wer?", fragte Poppi aufgeregt.

Eliza Simmons blickte zwischen den beiden Knickerbockern hin und her, als hätte sie es mit zwei Außerirdischen zu tun.

„Wer … wer seid ihr?“, fragte sie schwach. „Ist das hier so was wie *Versteckte Kamera*?“

„Nein, das ist echt!“, kam es knurrend von Axel. *Versteckte Kamera!* Die Frau hatte Nerven. Wenn sie wüsste, was er an diesem Tag schon alles gesehen und durchgemacht hatte.

„Aber … wieso Kinder …? Wieso … wie in einem Abenteuerfilm?“, stammelte die Sängerin.

Axel und Poppi blieben ihr die Antwort schuldig, weil sie einfach keine Zeit für Erklärungen hatten.

„Warum wurden *Sie* eigentlich nicht von der Starre befallen?“ Diese Frage interessierte Axel viel mehr.

Da fielen Poppi die beiden Kanister beim versteckten Boot ein. Sie waren doch voll gewesen, nicht leer. Also konnte der Mann mit dem rot-grünen Gesicht nichts hergebracht haben. Er hatte etwas geholt.

„Wasser!“, rief sie aus. „Axel, es muss ein Gift im Wasser sein. Wenn in Afrika eine Wasserstelle vergiftet ist, sterben alle Tiere, die dort trinken.“

„Was?“ Axel kniete neben Poppi auf dem Boden und bearbeitete die dünnen Nylonseile, die sehr widerstandsfähig waren. Mit dem winzigen Messer konnte er fast nichts ausrichten, doch er wollte nicht aufgeben.

„Das Mittel, das die Leute erstarren ließ, muss ins

Wasser gegeben worden sein. So haben alle etwas davon abbekommen."

Das leuchtete Axel sofort ein. „Bestimmt gibt es einen großen Tank. Dort musste das Zeug nur hineingeschüttet werden."

Eliza Simmons lachte überdreht. „Und Baldwin macht sich immer über mich lustig, weil ich nur Wasser aus Flaschen trinke. Ich nehme es auch zum Zähneputzen. Und ich esse nichts, was mit Leitungswasser zubereitet wurde. Meine Mahlzeiten hier hat immer ein Koch in der Küche der Villa zubereitet. Ich habe ihm dabei auf die Finger gesehen."

Damit war klar, warum die Sängerin verschont geblieben war.

Poppi half Axel, indem sie ihre Handgelenke hin- und herdrehte. Die halb durchtrennten Fasern rissen und sie konnte die Hände befreien.

„Die Füße, jetzt die Füße", drängte sie.

Sofort machte Axel sich an die Arbeit.

„Elroy hat in seinem Rucksack ein Satellitentelefon. Damit kann ich Hilfe rufen", sagte er zu Poppi, während er an den Seilen sägte.

Durch das Fenster wurden sie beobachtet, doch keiner der Knickerbocker bemerkte es.

„Bitte … Sie müssen helfen! Oder Hilfe holen. Der Vater meines besten Freundes liegt reglos auf dem

Boden, als wäre er tot." Lilo wusste nicht mehr, was sie noch sagen sollte. Wie konnte sie Caspar van Felbs überzeugen?

Die Fingerspitzen beider Hände aneinandertippend, schritt der geheimnisvolle Mann einmal vor ihr auf und ab. Er wandte sich zu dem länglichen Schrank mit den quadratischen, verglasten Fächern. Lilo beobachtete, wie er eine Glastür öffnete und etwas aus dem Fach holte.

Als er sich zu ihr umdrehte, hatte er eine riesige Spinne auf der Handfläche sitzen. Nie zuvor hatte Lilo so ein Tier gesehen: Die Beine der Spinne waren stark behaart, der Körper leuchtete giftgelb. Über den mächtigen Kauzangen des Mundes glänzten mehrere kleine Augen.

Mit dem Kopf bedeutete van Felbs seinen Helfern, ihm etwas zu bringen. Sofort beugte sich einer zu einem eingebauten Kühlschrank und zog eine kleine Glasbox heraus. Er griff mit einer langen Pinzette hinein und fing eines der krabbelnden Insekten, die die Box enthielt. Lockend hielt er es der Spinne vor die Mundwerkzeuge. Sie schnappte mit den beiden Zangen zu und stopfte sich das Insekt in das Maul.

„Ekeltiere. Verhasst. Verabscheut. Von manchen gefürchtet. Es gibt mehr als tausend Gifte zur Vernichtung der Spinnen", hob van Felbs zu einem Vortrag an.

Er sah zu Lilo. „Aufgrund einer Krankheit habe ich kein einziges Haar am Körper. Genau wie die Spinnen bin ich bei den Menschen verhasst, werde verabscheut und sogar gefürchtet. Manche haben sich vor mir sogar geekelt."

Van Felbs klang nicht verbittert. Für Lilo hörte er sich tieftraurig an.

„Doch genau diese Ekeltiere waren es, die mir das Leben gerettet haben", fuhr der Mann fort. „Das Gift einer Spinne, die nur auf wenigen Inseln hier im Indischen Ozean vorkommt. Ihr verdanke ich die vergangenen zehn Jahre und sicherlich noch viele weitere." Er zeigte auf das Tier in seiner Hand. „Meine Eltern haben mir ein großes Vermögen hinterlassen. Damit habe ich mir die Insel gekauft, das Schiff und ein Labor, das alle Wirkungen von Spinnengift untersucht. Mich interessieren wohlgemerkt nur die heilenden Wirkungen, nicht die tödlichen."

Ravis Worte fielen Lilo ein. Es schien, als hätte Caspar van Felbs die Fischer auf der Nachbarinsel gewarnt, von seiner Insel fernzubleiben. Vielleicht als Schutz vor den Spinnen, die er dort hielt oder zum Schutz der Spinnen selbst.

„Ein Fischer ist einmal auf Ihrer Insel gestrandet. In einem Sturm. Danach war sein Bein gelähmt", erzählte Lilo. Sie dachte dabei an das Schicksal von Ravis Vater.

„Was soll das eine mit dem anderen zu tun haben?“ Van Felbs schüttelte verwundert den Kopf.

„Die Lähmung hat also nichts mit dem Inselbesuch zu tun?“, hakte Lilo nach.

„Bestimmt nicht. Nenn mir den Namen des Fischers und ich werde dafür sorgen, dass er die beste Versorgung bekommt. Auf meiner Insel besuchen mich einige der bedeutendsten Ärzte der Welt. Sie wollen nicht unbedingt mit mir gesehen werden. Meine Erkenntnisse über Spinnengift sind für sie aber von größtem Interesse.“

Das waren also die Leute, die nur bei Nacht kamen. Wie völlig anders doch alles war, als Ravi annahm.

„Bitte, glauben Sie mir endlich, dass auf Tenoja eine krumme Sache läuft und die Leute dringend Hilfe brauchen!“, sagte Lilo eindringlich zu Caspar van Felbs.

ES WIRD KNAPP

„Ich auch! Mich hättest du zuerst befreien müssen!“ Eliza Simmons rüttelte an den Fesseln. Die zierliche Frau war kräftiger, als man ihr zugetraut hätte. Das ganze Bett wackelte.

Endlich war Poppi auch ihre Fußfesseln los. Sie zog die Reste der Schnüre weg, stand auf und schüttelte die steifen Arme und Beine aus.

Auf allen vieren krabbelte Axel nun zu der Sängerin. Er kannte sie natürlich von Plakaten, aus dem Fernsehen und von den Hüllen ihrer CDs. Alles hatte er bei Poppi gesehen, deren Zimmer ein Eliza-Simmons-Museum war. Etwas verlegen machte Axel sich an die Arbeit.

„Was tun wir als Nächstes?“, wollte Poppi wissen.

Axel fiel das Satellitenhandy wieder ein. Er drückte

Poppi das kleine Messer in die Hand. „Mach du weiter, ich kann vielleicht einen Notruf losschicken."

Als er sich Richtung Tür drehte, bemerkte er die Bewegung am Fenster. Jemand wich schnell zurück, um nicht gesehen zu werden.

Sofort begann Axels Herz wieder zu rasen. Er schwitzte und zitterte am ganzen Körper.

Axel ahnte, wer dort draußen stand. Wieso war er entdeckt worden?

Egal. Es brachte nichts, weiter darüber nachzudenken. Er musste davonkommen und zu Elroys Zimmer gelangen.

Axel bückte sich, als hätte er etwas verloren. Sein Kopf war nun dicht an Poppis Ohr. „Tu so, als würde ich durch die Tür gehen. Draußen steht …" Er flüsterte einen Namen, den Poppi kannte.

„Aber …?" Sie sah ihn fragend an.

Axel bedeutete ihr mit den Augen, keine weiteren Fragen zu stellen und an die Tür zu gehen.

Laut sagte er: „Ich glaube, draußen steht ein Fahrrad. Das nehme ich."

Am Fenster war niemand mehr zu sehen.

Poppi ging zur Eingangstür. „Axel … warte … wann kommst du denn wieder?", redete sie mit sich selbst.

Gleichzeitig kroch Axel auf dem Boden Richtung Gartentür. Sie war auf der anderen Seite des Raumes.

Er griff nach oben und schaffte es, sie lautlos zu öffnen. Wie eine Schlange glitt er hinaus ins Freie.

„Bitte, beeile dich!“, sagte Poppi und zwinkerte Axel durch das Glas der Gartentür zu. Er streckte den Daumen in die Höhe und verschwand in gebückter Haltung.

„Bis später dann …“, verabschiedete Poppi einen Axel, der schon längst fort war. „Äh … was meinst du? Wieso redest du so leise?“ Sie tuschelte, als wäre sie Axel, um noch mehr Zeit zu gewinnen und ihm zu einem möglichst großen Vorsprung zu verhelfen.

Irgendwann aber würde derjenige, der draußen lauerte, Verdacht schöpfen. Sie musste sich etwas einfallen lassen.

Neben der Tür gab es ein rundes Guckloch. Poppi konnte durch dieses kleine Fenster zum Abstellplatz der Fahrräder sehen.

Völlig unerwartet tauchte vor der Glasscheibe ein Gesicht auf. Es war erhitzt und rot und an der Schläfe war eine Ader angeschwollen.

Erschrocken schrie Poppi auf.

Die List, die Axel und sie angewendet hatten, war sofort durchschaut worden. Der Mann wollte hereinstürzen.

Poppi riss die Tür auf.

Den Gegner brachte das völlig aus der Fassung. Er war eine Sekunde lang wie erstarrt, dann aber machte er einen großen Schritt nach vorn, um sich die Kleine zu schnappen. Sie war das beste Druckmittel, mit dem er den Jungen in die Knie zwingen konnte.

Mit dem, was dann geschah, hatte der Mann absolut nicht gerechnet.

Wo waren seine Freunde? Wo waren Axel, Lilo und Poppi?

Dominik fuhr so schnell Fahrrad, wie nie zuvor in seinem Leben. Falls die Gauner irgendwo aus dem Gebüsch auftauchen würden, könnte er ihnen bei dem Tempo vielleicht doch noch entkommen.

Wo seid ihr, wo seid ihr, wo seid ihr?, dachte er flehend. Zeigt euch, zeigt euch!

Die Sonne, die von oben durch die Blätter schien, ließ viele helle Lichtpunkte auf dem Sandboden tanzen. Sie ergaben ein unruhiges Muster, das die Augen verwirrte. Dominik zwang sich, nur nach vorne zu schauen, weil er sonst ins Wanken geraten wäre.

Über ihm rauschte es. Er hob den Kopf und erkannte ein langes, vertrocknetes Palmenblatt, das abbrach und herunterstürzte. Um nicht getroffen zu werden, verriss er das Fahrrad, kam vom Weg ab, sank im weichen Dschungelboden ein und kippte zur Seite. Die Blätter auf dem Boden dämpften seinen Sturz. Das Gestänge des Fahrrades aber bohrte sich hart und unsanft in sein Bein.

Er hatte Sternchen vor den Augen. Stöhnend zog er das Knie unter dem Rad hervor.

Der Palmwedel war so breit wie der Weg und lag dort wie eine Barriere. Er hätte Dominik bestimmt bewusstlos geschlagen.

Aua! Dominik rieb sich die schmerzende Stelle. Wenigstens blutete er nicht.

Da hörte er das Klappern und Surren von Fahrrädern.

Um sich zu verstecken, war es zu spät. Dominik blieb zwischen den kleinen Stauden hocken und starrte angsterfüllt zum Weg.

Es waren die beiden Leute in Schwarz. Sie hatten sich aus dem Yogaraum befreit. Es sah aus, als wollten sie zum großen Platz. Sie würden Dominik natürlich bemerken, wenn sie an ihm vorbeifuhren.

Das Blatt zwang sie abzubremsen.

Zu Poppis Füßen lag der Mann.

Er wimmerte, bewegte sich aber nicht. Poppi hatte ihm, als er versucht hatte, ins Haus zu stürmen, die Tür mit aller Kraft auf die Nase geschlagen. Es war wirklich nicht ihre Art, etwas so Gemeines zu tun. In diesem Fall aber hatte sie keinen anderen Ausweg gesehen.

„Was ist? Lässt du mich hier sitzen? Das kannst du nicht tun!“, jammerte Eliza Simmons.

Sofort kroch Poppi wieder zu ihr und fuhr mit dem Sägen an den Seilen fort. Sie stellte sich geschickt an, und als Eliza mithalf und die Hände auseinanderzog, obwohl das schmerzte, konnten sie die Fesseln schnell durchtrennen.

Noch immer lag der Mann japsend und jammernd auf dem Boden.

„Wer … wer ist das?“, wollte Eliza Simmons von Poppi wissen.

„Keine Gefahr mehr!“, lautete Poppis Antwort. Das Schneiden strengte sie zu sehr an, sodass sie für Erklärungen keine Kraft hatte.

Endlich war auch Eliza frei und Poppi zog sie in die Höhe.

Jetzt raus und weg. Sie zerrte die Sängerin hinter sich her durch die Gartentür, über die Rasenfläche und hinaus auf den Strand. Wo sollten sie hin?

Während sie noch überlegte, blickte Poppi den Strand auf und ab.

Im Haus stemmte sich der Mann mit den Händen in die Höhe. Seine Nase blutete, aber das kümmerte ihn nicht. Der stechende Schmerz war jetzt unwichtig. Der Junge musste gestoppt werden. Auf der Stelle. Aus der Tasche seiner mittlerweile schmutzigen Hose zog der Mann ein Funkgerät. Er rief Helios zwei und kommandierte sie zu den Einzimmerhütten der Insel. Dort vermutete er den Jungen.

FREUNDE UND FEINDE

Das „Zimmer“, das Elroy auf Tenoja bewohnt hatte, war in Wirklichkeit ebenfalls ein kleines Haus, das aber nur aus einem Raum und einem Bad im Garten bestand.

Axel fand den wasserfesten Rucksack sofort und schüttete den Inhalt einfach auf das zerwühlte Bett. Elroy trug wirklich all seine Habseligkeiten bei sich. Axel fand sogar einen kleinen abgegriffenen Teddybären, außerdem eine Tasche mit Reisepass und anderen Dokumenten, einen kleinen Beutel mit Waschsachen, einen Minicomputer, eine Geldtasche und zwischen sorgfältig gefalteten T-Shirts das Satellitentelefon. Es war ein Hörer, dreimal so groß und doppelt so dick wie ein Handy. Dazu gab es ein Kästchen, das eine ausklappbare Parabolantenne enthielt.

Axel seufzte. So eine Antenne musste doch auf den Satelliten eingestellt werden und wie er das anstellen sollte, wusste er nicht.

Er war so nahe am Ziel und konnte es doch nicht erreichen.

Trotzdem drückte er die grüne Starttaste des Telefons. Die Anzeige leuchtete auf und Zahlen begannen zu blinken. An der oberen Kante lief ein Balken ständig von links nach rechts. Symbole tauchten auf, die eine kleine Person darstellten, die auf dem Boden stand und über der mehrere Satelliten am Himmel abgebildet waren. Strahlen gingen von dem Männchen zu den Satelliten.

Klappte es vielleicht doch?

Suchte das Telefon Kontakt?

Unter dem Männchen begann ein dicker Balken zu wachsen. Darüber stand auf Englisch „Empfang“ und ein Prozentsatz. Bald gab es dreißig Prozent Empfang, dann vierzig, weiter ging es zu fünfzig und schließlich sechzig Prozent. Axel wollte eine Nummer wählen, aber das ließ das Telefon nicht zu.

Siebzig, achtzig, neunzig Prozent.

Gleich konnte er versuchen, jemanden anzurufen.

Hundert Prozent!

Endlich.

Welche Nummer sollte er wählen?

„Leg das weg!“, ertöne es hinter ihm an der Tür.

Axel fuhr herum.

Der Mann mit der schwarzen Sonnenbrille stand dort, das Funkgerät in der Hand wiegend, als müsse er dessen Gewicht schätzen.

„Hör mal!“ Er drückte eine Taste.

„HeliosBoss, kommen!“, sagte er.

Es krachte und aus dem Funkgerät drang Poppis verzerrte Stimme. „Axel … Axel, sie haben uns geschnappt. Eliza Simmons und mich.“

Der Mann mit der Sonnenbrille grinste hämisch.

Langsam ließ Axel das Handy sinken.

„Du kommst mit!“, befahl der Mann.

Was hatte er mit ihm vor? Mit ihm und Poppi? Hatten sie etwa auch schon Dominik und Lilo geschnappt?

„Bring ihn zum Steg. Ich warte hier!“, befahl der Kopf der Verbrecherbande.

Damit war der Steg gemeint, wo das weiße Boot vertäut lag. Diese Information reichte Axel. Es gab jetzt noch Wichtigeres als das Telefonat. Er holte aus, um dem Mann das schwere Gerät an den Kopf zu werfen. Dann wollte er flüchten.

Doch er musste es gar nicht schleudern. In letzter Sekunde konnte er die Wurfbewegung stoppen und das Handy noch festhalten.

Der Mann sackte in sich zusammen.

Axel überlegte, ob das eine List sein könnte.

Da tauchte Dominik in der Tür auf. In der Hand hielt er das Blasrohr.

Erst jetzt fiel Axel die Nadel mit dem roten Federbüschel im Hals des Mannes auf.

„Er hat einen Funkspruch bekommen, dass er das Blasrohr aus dem Büro holen soll. Und die Betäubungspfeile. Er hat den Befehl aber nicht befolgt und deshalb habe ich das Rohr an mich genommen", setzte Dominik zu einer seiner ausschweifenden Erklärungen an.

„Wir müssen Poppi befreien!", sagte Axel. „Und ich rufe jetzt Hilfe …" Er nahm das Telefon hoch.

Da hörten sie über sich das Knattern eines Helikopters. Es kam eindeutig näher.

Die Freunde stürmten ins Freie und blickten zum Himmel.

Die Maschine ging am Ende der Insel nieder.

Waren das noch mehr Feinde? Oder Retter?

Axel und Dominik liefen los. Sie überquerten den Sandplatz und wollten zu den Fahrrädern.

In der Bürotür tauchte Ronda auf. „Halt, zurück. Kommt her!", befahl sie.

Die Jungen warfen ihr einen kurzen Blick zu, sahen dann einander an und rannten weiter.

„Bleibt stehen!", verlangte Ronda scharf. Doch die Knickerbocker kümmerten sich nicht darum.

Die Inseldirektorin begann ihnen nachzustürmen. Ihr folgte ein Mitarbeiter aus dem Büro.

Die Jungen schnappten sich zwei Fahrräder und traten in die Pedale. Axel schoss davon. Dominik eilte keuchend hinterher.

Ronda stieg ebenfalls auf ein Rad.

Mittlerweile war der Helikopter bereits so nah am Boden, dass er nicht mehr zu sehen war. Laut dröhnten die Rotoren über die Insel.

Axel kannte den Hubschrauberlandeplatz. Die runde, betonierte Fläche war nicht weit vom Yogabaumhaus entfernt. So schnell er konnte, radelte er dorthin. Er musste herausfinden, ob Verstärkung für die Gauner gekommen war oder die Polizei oder etwas Ähnliches.

Hinter ihm schrie Dominik. Er war gestürzt und Ronda hatte neben ihm gehalten. Axel sah dies mit einem Blick über die Schulter, kehrte aber nicht um.

Der Helikopter war wichtiger.

Die Reifen des Fahrrades holperten über den Sand. Links und rechts flog das Grün der Büsche vorbei. Noch eine letzte Kurve, dann hatte Axel den Landeplatz erreicht.

Aus dem Hubschrauber kletterten vier Männer, alle in dunklen Hosen und blauen Uniformhemden. Geduckt liefen sie unter dem Rotor, der sich noch immer drehte, zu der Stelle, an der Axel stand. Sie redeten ihn in gebrochenem Englisch an. Die Männer waren von der Polizei.

Axel deutete zum Zentrum der Insel.

„Dorthin … schnell! Dort sind die Gauner."

Es war sechsunddreißig Stunden her, seit die Inselbewohner in die unglaubliche Starre gefallen waren.

Die gute Neuigkeit war, dass kein Einziger einen Schaden zurückbehalten hatte. Das Mittel, das ins Trink- und Nutzwasser der Insel gemischt worden war, besaß eine betäubende Wirkung, die alle Muskeln anspannte und die Wahrnehmung dämpfte. Der Generator der Insel war sabotiert worden, um jeden Hilferuf unmöglich zu machen.

„Caspar van Felbs hatte nicht ganz die Wahrheit gesagt. Er besaß doch eine Funkanlage, mit der er Alarm schlagen und die Polizei – und vor allem das Rettungsteam – rufen konnte", schloss Lilo ihren Bericht über die Begegnung mit dem Mann, der von manchen als Spinnenmagier verachtet wurde.

Ronda saß mit der Knickerbocker-Bande und Herrn Klingmeier an einem Tisch.

Sie hatten den schönsten Platz des Restaurants bekommen, direkt am Strand, wo sie das Wellenrauschen hören konnten.

„Wieso hat er mit seinem Boot eigentlich vor unserer Insel geankert?", fragte Ronda.

Vor jeden der Knickerbocker wurde ein Teller mit einer kleinen Portion Nudeln und einer lecker duftenden Currysoße gestellt. Hungrig machten sie sich darüber her.

„Weil er zurzeit Seespinnen studiert. Das ist eine Spinnenart, die unter Wasser leben kann und praktisch unerforscht ist", erklärte Lilo. „Van Felbs und seine Leute hielten sich immer so weit von Tenoja entfernt, dass sie nicht gesehen werden konnten. Ihnen war aber das Wasser ausgegangen, und da sie noch nicht zurückfahren wollten, sind sie hergekommen, um welches zu holen. Der Mann mit dem rotgrünen Gesicht hat seinen Durst sofort gestillt und das wurde ihm zum Verhängnis."

Poppi hatte auch etwas zu erzählen: „Ich bin eingeladen. Zum Konzert von Eliza Simmons bei uns in Österreich. Ich darf zu ihr hinter die Bühne und sie geht sogar anschließend mit mir essen!"

„Das hast du dir wirklich verdient, nach all dem, was du für dieses verrückte Sumpfhuhn getan hast", meinte Axel.

Lilo musste auf einmal lachen. „Das Rätsel um das schwarze Handtuch habe ich auch geklärt. Wisst ihr, wer mich niedergestoßen hat, als ich mich verirrt und zum Haus dieser Simmons gelangt bin?"

Alle sahen sie gespannt an.

„Die Frau ... diese junge Frau, die am Morgen

immer joggt. Sie ist ein glühender Fan und hat jede Menge Sachen heimlich an sich gebracht, die Eliza Simmons benutzt hat. Als ich gekommen bin, hat sie sich gerade das schwarze Handtuch nehmen wollen, mit dem die Sängerin sich vorher abgetrocknet hatte. Sie dachte, ich will es selbst haben."

Es gab großes Gelächter am Tisch.

„Die Frau hatte wohl Angst, dass jemand Elizas Sachen bei ihr finden und sie dann verdächtigen würde, zur Verbrecherbande zu gehören. Deshalb hat sie Ravi alles gestanden und der hat es dann mir erzählt."

„Guten Abend!" Guni und Gottfried waren an den Tisch der Knickerbocker-Bande getreten.

„Wir gratulieren den Meisterdetektiven und danken für die Rettung!", lobte Guni.

„Wirklich sehr erstaunlich, ihr vier. Außergewöhnlich", sagte Gottfried immer wieder. Sein buschiger Schnauzbart zuckte vergnügt. „Ich möchte euch malen. Sitzt ihr mir morgen Modell?"

„Dauert das lange? Axel hat nämlich immer Hummeln im Hintern!", witzelte Lilo.

Wieder wurde viel gelacht. Herr Klingmeier holte zwei Stühle und bat den Maler und seine Frau, sich zu ihnen zu setzen.

Etwas konnte Guni noch immer nicht ganz glauben. „Stimmt es wirklich, was wir gehört haben? Ich

meine, wer diese fürchterliche Sache hier auf der Insel angerichtet hat?"

„Der Deckname ‚Helios' hat schon einiges verraten", erklärte Dominik.

Gottfried wusste sofort, von wem die Rede war. „Helios, der griechische Sonnengott."

Lilo nickte. „‚Sonne' ist ein gutes Stichwort."

„Der Anführer war Mr Sell!", sagte Axel. „Der Direktor der Sonneninsel. Und um jeden Verdacht von sich abzulenken, hat er sogar so getan, als sei auch er krank geworden."

„Aber wieso tut jemand wie er so etwas?" Guni konnte einfach nicht verstehen, was den Mann dazu getrieben hatte.

„Die Sonneninsel hat Probleme. Große Probleme. Und Mr Sell ist nicht nur der Direktor, ihm gehört auch die Hälfte der Anlage", erklärte Ronda. „Dummerweise habe ich ihn für einen Freund gehalten und ihm von Eliza Simmons Aufenthalt bei uns erzählt. Ich bin mir nicht sicher, ob ihn das auf die Idee gebracht hat oder ob er die Sache nicht schon lange geplant hatte."

Mr Sell war es nicht nur um die reiche Beute gegangen. Er wollte die Tresore aller Gäste plündern und sämtliches Geld mitnehmen, dazu auch noch die Kreditkarten. Die Wirkung des Betäubungsmittels, das er eingesetzt hatte, hätte nach sechs bis sieben Stunden von allein nachgelassen. Der Skandal, der darauf gefolgt wäre, hätte die beliebte Insel sicherlich ruiniert. Eliza Simmons' Berühmtheit hätte geholfen, dass die Geschichte in allen Zeitungen der Welt gebracht worden wäre. Nach einem solchen Vorfall wollte bestimmt niemand mehr nach Tenoja kommen. Für die Sonneninsel wäre dies vielleicht ein Vorteil gewesen.

„Stattdessen werden er und seine Helfer nach der

Gerichtsverhandlung eine Weile im Gefängnis verbringen", schloss Ronda.

Guni deutete auf die vier Knickerbocker. „Was wäre nur gewesen, wenn euch der Sturm nicht hierhergeweht hätte?"

Da schaltete sich Ronda ein: „Das stimmt! Und daher möchten wir euch herzlich einladen zu bleiben. So lange ihr möchtet. Und auch später könnt ihr jederzeit gerne wiederkommen."

Axel sah fragend zu seinem Vater. „Hier ist mehr Platz als auf der Jacht. Und du musst auch nicht am Steuerrad stehen, sondern kannst einmal richtig ausspannen."

„Einen Urlaub auf dieser noblen Insel ... das hätte ich ehrlich gesagt niemals bezahlen können", gestand Herr Klingmeier ein wenig verschämt.

Axel legte ihm die Hand auf die Schulter. „Dafür hast du doch mich, Paps. Ich kümmere mich schon um dich."

Gottfried und Guni lachten fröhlich.

Lilo wandte sich mit gespieltem Bedauern an Ronda: „Was aber spätere Ferien angeht, kann ich nichts versprechen. Wir sind oft unterwegs und haben so viel zu tun und – na ja – auch noch andere Fälle zu lösen."

„Vier Knickerbocker lassen nämlich niemals locker!", rief Dominik.

„Wäre ich so alt wie ihr, dann wäre ich gerne bei euch Mitglied“, meinte Gottfried.

„Würdet ihr jemanden wie mich auch aufnehmen?“, wollte Guni treuherzig wissen.

„Für gute Leute ist bei uns immer Platz!“, sagte Lilo großzügig.

„Sonst gründen Guni und ich die ‚G & G Bande!‘“, kündigte Gottfried an. Er zupfte sich am Schnauzbart. „Obwohl ich zugeben muss, dass Knickerbocker-Bande schon ein ganz besonderer Name ist.“

Da konnten ihm alle nur zustimmen.

Vier besondere Freunde, eine besondere Bande und ein besonderer Name.

Das passte doch alles bestens zusammen.

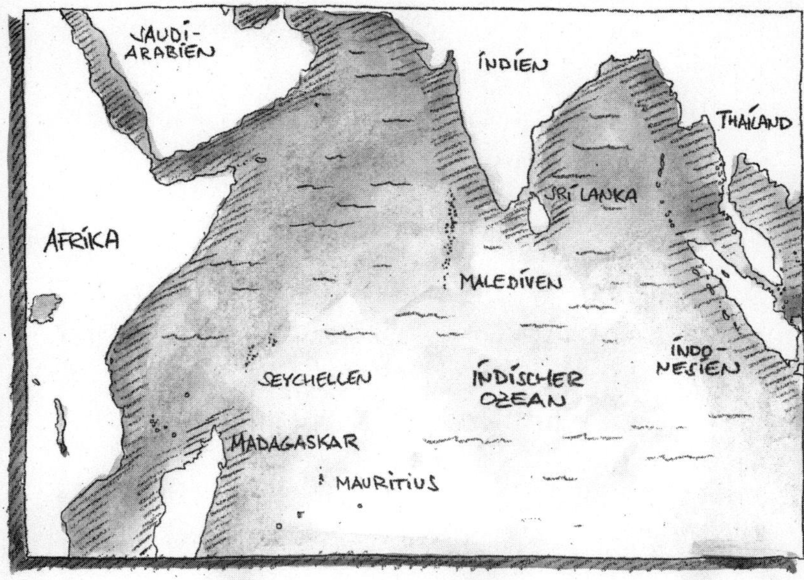
SAUDI-
ARABIEN
INDIEN
THAILAND
AFRIKA
SRI LANKA
MALEDIVEN
INDO-
NESIEN
SEYCHELLEN
INDISCHER
OZEAN
MADAGASKAR
MAURITIUS

DER KNICKERBOCKER BANDENTREFF

Werde Mitglied im Knickerbocker-Detektivclub!
Unter www.knickerbocker-bande.com **kannst du dich als Knickerbocker-Mitglied eintragen lassen. Dort erwarten dich jede Menge coole Tipps, knifflige Rätsel und Tricks für Detektive. Und natürlich erfährst du immer das Neueste über die Knickerbocker-Bande.**

Hier kannst du gleich mal deinen detektivischen Spürsinn unter Beweis stellen – mit der Detektiv-Masterfrage, diesmal von Poppi:

LIEBE DETEKTIVKOLLEGEN,

ich finde Spinnen ja ganz niedlich. Und ich habe auch nichts dagegen, wenn sie etwas größer und so richtig haarig sind. Komisch, dass andere Leute dermaßen viel Angst vor diesen Achtbeinern haben. Okay, ich muss zugeben, dass ich vor den Krabbeltieren auf Tenoja auch Panik hatte. Wer will schon erstarren und statt im Pool zu planschen wie eine Statue in der Gegend herumstehen?

Zum Glück gab's die Giftspinnen gar nicht und die Starre hatte eine ganz andere Ursache. Wir Spürnasen haben das natürlich blitzschnell durchschaut. Wie sieht's eigentlich mit deinem Detektivgedächtnis aus? Weißt du noch, warum Eliza Simmons von der Starre verschont geblieben ist?

Die Lösung gibt's im Internet unter
www.knickerbocker-bande.com
Achtung: Für den Zutritt brauchst du einen Code.
Er ergibt sich aus der Antwort auf folgende Frage:

Welche Inseln liegen im Indischen Ozean?

Code	
74515	Menorca, Ibiza, Formentera
47155	Sumatra, Madagaskar, Java
45715	Kuba, Jamaika, Puerto Rico

Und so funktioniert's:
Gib jetzt den richtigen Antwortcode auf der Webseite unter **MASTERFRAGE** und dem zugehörigen Buchtitel ein!

Bis zum nächsten Abenteuer!
Deine

Poppi

Ravensburger Bücher

Habe ich	Fehlen mir		ISBN 978-3-473-
○	○	**Das Internat der Geister**	47095-2
○	○	**Der Computerdämon**	47098-3
○	○	**Der Turm des Hexers**	47088-4
○	○	**Das Amulett des Superstars**	47124-9
○	○	**Wenn der Geisterhund heult**	47089-1
○	○	**Das Mädchen aus der Pyramide**	47090-7
○	○	**Spuk im Stadion**	47096-9
○	○	**Im Bann des Geisterpiraten**	47099-0
○	○	**Die Monstermaske der Lagune**	47125-6
○	○	**Der Meister der Dunkelheit**	47130-0
○	○	**Der Spinnenmagier**	47155-3
○	○	**Das Kabinett des Dr. Horribilus**	47127-0
○	○	**Fußball des Schreckens**	47150-8
○	○	**Das Geheimbuch für Detektive**	47139-3

Ravensburger

HC_08_100

ISBN 978-3-473-**47153**-9

KBB_08_082